U0029038
城市
異常錄
著｜北府店小二　繪｜阿鎬

目錄

起點站：我與那傢伙的相遇

01

看到鬼的時候該怎麼辦？相信每個人多少都想過這個問題吧。罵髒話？灑黑狗血？還是拿符咒唸急急如律令？

呸，都不對。

因為當你看到鬼的當下就會發現，根本、完全、絕對，沒有辦法思考。就連像我這樣，寫了好幾本恐怖小說、看鬼片從沒嚇到過的人，也害怕得全身僵硬。

現在是凌晨三點，我躲在置物櫃，裡面、外面都是一片漆黑。這間屋子，不，這整棟大樓恐怕就只有我一個活人了。

沒想到來這裡見到的第一個鬼，就是最凶猛的厲鬼。

我邊向神明祈禱，邊注意外面的動靜，從剛才開始就什麼聲音都聽不到，可是我能感覺得出來，「那東西」並沒有離開。

手機沒電，護身用的平安符也不知丟到哪去，可說是最慘的狀態。

早知道不該一個人來……媽的，學長那混蛋！

我無聲吶喊，欲哭無淚，無語問蒼天。

我大學參加「靈異研究社」，裡頭都是些為了見鬼不要命的怪人，還有不少人真的能夠通靈，可說是臥虎藏龍。我們的社團活動簡單粗暴，就是四處闖進刑案現場、廢墟、深山等鬧鬼的地方，妄想能目睹鬼的蹤跡。

儘管四年下來，遇到的大多是「東西自己移動」或「鏡頭前出現白影」這種入門級靈異現象，我們還是樂此不疲。

畢業後我跟社團的朋友也經常聯絡，同時把這些年來的經歷加油添醋地寫成恐怖小說，僥倖出了幾本書，就一直繼續寫下去了。為了找靈感，不管再怎麼忙，只要聽說哪裡有鬼我就往哪裡去，比如說，現在。

這裡是一棟廢棄的住商混合大樓，是社團裡感情不錯的學長告訴我的，說是他的私房景點。幾十年前好像滿熱鬧，後來發生火災，死傷慘重變成危樓，也就漸漸沒人敢住。

大概五、六年前，最後一個住戶過世後，這裡就成了徹底的廢墟。半年前，一場大地震襲擊臺北，那次真的非常誇張，連靈骨塔都被震塌，這棟早已年久失修的大樓，自然也無法倖免。

這危樓中的危樓，終於要在不久之後被都更掉。

「那裡死過很多人，絕對夠凶，要看就趁現在！」

學長興致勃勃地說著，本來他要跟我一起去，卻在前一晚出了車禍摔斷腿，於是我便獨自前往。現在想想，這根本就是超級壞兆頭，我幹麼要這麼白目！

大樓只有門口拉著封鎖線，沒有警衛或管理員，誰都能輕易闖入。光是在一樓大廳，就能看見牆上、地上被噴漆奇怪的塗鴉，窗戶上甚至用紅字大大寫著「時辰已到」，令人毛骨悚然。

這個塗鴉有個顯著的特徵，就是「時」少了一筆，「到」的最後一劃特別的長。

我開著手電筒四處張望，果然天花板跟牆壁都有燒焦的痕跡，某幾個地方甚至完全焦黑，只剩下骨架，足以窺見當時的慘況。

興奮地拍了一堆照片之後，我稍微冷靜下來，忽然有點喪氣，因為從剛才到現在，這裡都沒有「鬼」的氣息。

我並沒有陰陽眼，可學長說過我的「靈感」很強，比方說我到了有鬼的地方都會頭暈想吐、渾身發冷，有些人就完全不受影響。所以我就像個天然的幽靈雷達，只要生理有反應，就一定能看見靈異現象，比氣象預報還準。

而今天我則完全沒有不適，甚至可說……氣氛還挺舒服的？

我在大樓裡漫無目的地繞，一層層往上，終於來到頂樓。照理說，這種地方不可能沒有鬼，難道是我的雷達失靈了？正這麼想，身後傳來一陣沙沙聲，我立即回頭，後面沒人，但地上不知何時多了一雙紅色高跟鞋。

雖然破舊，但顏色亮眼，在這幾乎被灰塵覆蓋的廢墟中顯得很突兀。
我緩緩靠近，那雙鞋被端正地擺在走道中央，就好像從很久以前就在這裡一樣。
瞬間，我感覺到了。
有股超乎常理的壓迫感從高跟鞋傳出來，似乎整個空間都開始扭曲。
我忽然想起很久以前，學長曾告訴我，有些厲鬼的道行很高，能夠隱藏自己的氣息，所以像我這種沒修行過的外行人，是感覺不到的。
完蛋！
我拔腿就跑，然而已經太遲，腳下的地板竟變得軟綿綿的，像是踩在棉花上完全無法前進。這種感覺有點像是在夢裡跑步，會覺得所有東西都好軟，手腳像在水裡揮舞般，有著巨大的阻力讓人難以動作。
那股壓迫感以驚人的速度襲來，腳底板、小腿、背脊，然後是脖子——
砰！
不知從哪裡傳來一聲巨響，聽起來像是某種東西爆炸的聲音，幾乎在同時，我背後的壓力瞬間消失，手腳忽然恢復正常，我一個踉蹌摔倒在地。
意識到「得救了」的時候，身體已經狂奔起來。
沒想到，眼看樓梯就在面前不到十公尺的地方，那雙高跟鞋竟然也在！我連忙停下，也不敢回頭，只好隨便打開一扇門衝進去。

門內很黑，我這才意識到手機沒電了，手電筒自然不會亮，我就著從窗戶透進來的微弱光線看見房間裡堆滿紙箱，地上也有不少雜物。我小心繞過地上的東西，摸索到幾個比人高的置物櫃，有點像是學校裡放掃除用具的櫃子，二話不說鑽了進去。

五分鐘、十分鐘……體感時間過了很久，那股壓力卻沒有消失。祂絕對還在外面，祂在外面守著，等我放鬆警戒，自己送上門來。

該死。我努力維持清醒，想著絕對不能讓祂得逞，這時，門外有了動靜。

噠……噠……噠……

是腳步聲！

我繃緊神經，確定自己沒聽錯，而且那聲音正往這裡靠近中。

是誰？是祂還是別人？不可能，祂穿的是高跟鞋，但這個腳步聲聽起來不像。這麼多房間，為什麼偏偏來這裡，難道是我闖進來的事暴露了，有人報警？

重點是，明明外面有祂在，這傢伙怎麼有辦法安然無恙！

腳步聲轉眼來到門口，然後是「喀啦」，門把被轉動的聲音，這時我才想起來我有把門鎖上，所以，如果他是人類，應該進不來。

正常來講，人比鬼好對付多了，能講道理的講道理，不能講的就賞他個幾拳。問題是我不知道來者是何許人也，要是打不過就尷尬了，所以還是先按兵不動。

門外安靜幾秒，傳出金屬碰撞的清脆響聲，又是一陣「喀啦」。

我不敢相信自己聽見了什麼，這傢伙有鑰匙！

門被打開了，腳步聲走了進來，然後「啪」！明亮的光線透進置物櫃的縫隙。

……燈？

這裡應該已經被斷水斷電，怎麼還能開燈？

我徹底被搞糊塗，把耳朵貼在門上，卻不小心撞到門發出「砰」的聲音。

這下子靠北了。

我滿頭冷汗，祈禱對方沒有聽見，但，奇蹟沒有發生。

下一秒，置物櫃的門冷不防被打開。

「哇啊啊啊！」

失去支撐的我狠狠摔了個狗吃屎，還發出丟臉的慘叫，我趴在地上，只能看到那人的腳。

一雙擦得晶亮的黑皮鞋。

「看樣子我真的太久沒回來了，連櫃子裡都長出了怪東西。」

黑皮鞋說話了，我猛地抬頭，終於看見他的全身。

哇靠，還真是黑得徹底。

黑西裝、黑襯衫、黑手套，一頭灰白色短髮梳成九〇年代三七分瀏海，脖子上掛著銀色十字架項鍊，還戴著一副大墨鏡，遮住了半張臉。

「你、你是誰？」我咬牙切齒地問。

「應該是我問你才對吧？」

他蹲下來，透過漆黑的墨鏡看我，感覺他年紀應該比我小一點，下半張臉的輪廓略顯稚氣，是近年流行的花美男類型。

此刻，他用與外表完全不符的陰險語氣說：

「這位先生，請問您在我家的櫃子裡做什麼呢？」

家？

我一聽立刻跳起來，環視整個空間，雖然堆了很多紙箱，但桌椅、沙發甚至冰箱、流理臺一應俱全，牆上甚至還有今年的日曆！

見鬼了，這裡竟然還有人住！

男子笑了笑。「你怎麼進來的？」

「我開門進來的，門又沒鎖……」

「嗯，是這樣嗎？」他歪了歪頭。「好吧，忘記鎖門是我的不對，不過這跟你非法入侵並不衝突。」

說著他從口袋裡拿出一支手機——那是摺疊機嗎！千禧年時代的古董，竟然還有人在用？

「等等，你拿手機做什麼？」

「你說呢？現行犯先生。」

我終於意識到自己幹了什麼好事。還說這裡是廢墟，學長那個混蛋！

「不要報警，我會自己離開。」我邊說邊往門口移動。「我只是走錯路，沒惡意。」
「走錯路？」
男子察覺我的動作，也跟著往門口靠近，擋在我面前。
「因為你家跟我家長得太像了，我才會不小心走錯。」
「……那你為什麼會在櫃子裡？」
「我習慣睡櫃子，對，沒錯，就是這樣。」
雖然隔著墨鏡看不清男子的神情，但我知道他一定是露出鄙視的眼神看我。
「幹麼！櫃子很棒啊，不覺得很有安全感嗎！有意見啊！」
「沒意見，只是……」
「那我走啦，下次記得要鎖門啊，拜拜！」
說罷我從他身邊繞過，準備閃人。
「等一下。」
「又怎麼了！」
「你知道外面有『東西』在吧？」
男子的話讓我頓了頓。對吼，顧著抬槓，都忘了是為什麼才躲進來的。
「那又怎樣？我自己會想辦法。」
我握著門把的手不爭氣地顫抖起來，但都已經糗成這樣，我是絕對拉不下臉說

「請讓我再躲一下」的。

「那傢伙住在這裡的時間比你活的時間還長喔，普通人連二樓都上不去，但你卻可以一路跑到這裡，難道你是自帶天罡正氣之人？」

我想起來了，的確從二樓開始就沒有見到垃圾與塗鴉了。

男人朝我步步逼近。「人一生的好運是有額度的，可別得意忘形。」

「你、你不要過來！」

我想說點什麼，但他完全沒打算聽我辯解，掀開西裝外套，從裡面掏出一把黑亮的手槍。

直覺告訴我，那是真貨。

我不由得繃緊背脊。他是黑道？

「你好像一點兒也不怕？一般人應該會更緊張。」

他問的是我對槍的反應。

「這附近拿槍的人多的是，而且外面就有個比槍更可怕的東西。」

我硬擠出笑容，幸好我長了張壞人臉，可以稍微掩飾一下不安，現在我也沒心情比較黑道跟鬼到底哪個可怕。

「哈哈，別逞強了，那傢伙向來只怕我的槍聲，你老實道歉的話，我就護送你安全離開。」

我想起剛才聽見那炸裂聲之後，箝制我的力量就瞬間消失了，原來是他開的槍嗎？

「什麼護送啊……」

「目前已知的除靈方式對祂統統沒效，人類被抓到的話，可能會被吸走精氣瞬間死翹翹喔。我完全可以丟下你不管，但畢竟我也是有良心的，看在你這麼喜歡我家櫃子的分上，就幫你一次吧！」

這傢伙講話的方式真令人火大！我努力控制不露出嫌惡的表情。

他燦爛地笑著，露出一口大白牙。「附註，免費的喔。」

「……」

終於，我那旺盛的求生欲還是壓過了自尊。

02

走廊一片死寂，比我剛才過來的時候還安靜得多。凌晨時分，建築物內採光極差，男子卻依然戴著墨鏡，不禁讓人懷疑他到底看不看得到路。樓梯口就在面前，他卻偏偏走反方向，說從這邊下去比較安全。

「喂，你住在這裡多久了？」

因為受不了尷尬，我開始沒話找話。

「幾個月吧。」

男子始終把槍握在手中，不時左顧右盼，連帶著我也緊張起來，生怕那隻厲鬼隨時從暗處出現。

「幾個月而已？我以為這裡沒有在出租了。」

「是沒有，我也沒付租金。」

「蛤？」

「我只是看這房子不錯就搬進來了，反正沒人知道嘛！而且這裡還留著不少值錢的東西，拿去賣掉夠用好幾年。」

「你怎麼好像用很平常的語氣說了不得了的事……這是違法的吧！」

「我的原則是，沒被抓到就不算犯法。」

男子輕浮的語氣就像是他真的這麼認為。我也不是那種正義之士，沒興趣批評他，只是對一個初次見面的人大談這種話題會不會太白目了？

仔細端詳這個人，從外表完全猜不出職業，可穿著品味也不像是無業遊民。尤其是鞋子，即使不懂品牌，也能一眼看出是高檔貨。印象中會這樣打扮的，不是上流社會就是流氓混混。

他有槍，所以我想應該比較接近後者。

「專心點，要下樓了。」

男子發現我一直盯著他，出言提醒，我這才把視線移開。終於來到樓梯前，底下彷彿還有陰風吹來，大夏天的讓人起了身雞皮疙瘩。

「你怕了？」
男子咧著嘴笑起來，手臂勾著我的脖子。「不要緊張嘛，我會保護你的！」
我裝作若無其事。「怕個屁，不就是一隻鬼而已！」
「那傢伙可不是鬼，是『聻』。」
我一愣。「賤？」
男子說著用手指在空氣中寫字。「上面是漸進式的漸，下面是耳朵的耳。」
我想起來了。
曾經聽學長提過，世界上存在這麼一個東西。
「人死為鬼，鬼死為聻，聻鬼之畏，猶人畏鬼也。」
我喃喃說出這句話，男子似乎很意外，把我摟得更緊了。「不錯嘛！你竟然知道這個！」
但我沒心情跟他一起 high，因為假如他說的是真的，那我說不定是惹上了前所未有的大麻煩。
說個鮮為人知的事實：鬼跟人一樣，都是會死的。
人死會變為鬼，鬼死了之後則變成聻，無法去到陰間，也無法被人為消滅，只能在死去的地方不斷徘徊，隨著時間漸漸化為虛無。沒人知道讓鬼「死掉」的條件，被道士的法術消滅的鬼並不會變成聻，而是直接消散，因此聻非常稀罕，幾乎是傳說中的存在。

鬼會害怕犛，所以有犛出現的地方，幾乎看不到鬼。

「祂為什麼會害怕槍聲？」

「這把槍裡的子彈是用雷擊木做成的，你知道吧，就是被雷劈過的木頭，傳說中的避、邪、聖、品！」

男子的口氣像是小孩在炫耀新穎的玩具一樣。

「雷擊木不是跟日本製造的壓縮機一樣稀少嗎？做成子彈太暴殄天物了吧！」

「不會，有方法可以人工製造。」

「蛤？」

不是啊，人工製造？像電宰豬那樣電木頭嗎？這什麼東西啊，說白了不就是劣質山寨貨！我開始對這把槍的威力感到懷疑，儘管的確救了我一命，可也許只是運氣好罷了。

我懷揣不安跟著男子下樓，一層層下去都相安無事，但到了第三層，我開始感覺到壓力。男子一定也察覺了，動作比剛才緊繃許多，緩緩地走下樓梯，生怕發出一點兒聲響。

「在那裡。」

來到三樓，男子用氣音說。我在他身後探出頭，樓梯口不遠處赫然就是那雙紅色高跟鞋。

男子冷不防問：「你跑得快嗎？」

「還不錯吧，我以前常參加大隊接力，問這個幹麼？」
「ＯＫ，開一槍之後，那傢伙會有五秒鐘動彈不得，在這段時間跑得越遠越好，懂吧！」
「靠北，開一槍才五秒？這麼珍貴的子彈只能爭取到五秒，不是五分鐘？」
「不要做夢了，畢竟不是真正的雷擊木，而且聻沒有形體，子彈根本傷不了祂，主要還是靠聲音。」
「不能把槍聲錄下來重複播放嗎？」
「要是可以的話就不用這麼累了。」
「……你還有幾發子彈？」
「還剩三發，所以總共有十五秒。」
「真是不得了的數字。」
我迅速在腦中排演，電梯早已拆除，只剩下空蕩蕩的電梯井，我沒辦法像特種部隊一樣跳下去，所以位於走道兩端的樓梯是唯一的逃脫路線。
現在位置是三樓樓梯口，聻距離我們只有不到十公尺，不清楚祂移動的正確速度，但肯定很快。下樓梯倒是還好，但大門距離樓梯有很長一段路，而且還要轉好幾個彎，僅有十五秒的時間，我們能從這裡逃到外面嗎？
「準備好了沒呀？」
男子似乎躍躍欲試，我想再猶豫下去也不是辦法，抱著必死的決心點頭。

「預備——跑！」

男子朝天花板擊發手中的槍，迸出簡直要貫穿腦膜的巨響，我應聲起跑，以最快的速度衝下樓梯，邊讀著秒數。

五秒、四秒、三秒！

剛才走上來覺得很快的樓梯此時變得比天梯還要長，五秒鐘過去，竟然還沒到！男子也跟在我後面，五秒結束後，他精準地掐著時間擊發第二槍，而我尚未感到那股壓力，也許這代表我們成功把祂困在原地了。

「衝啊！」

男子高聲歡呼，我完全搞不懂他為什麼這麼開心。第二個五秒結束時，我們成功來到二樓走廊，但距離出口還有一大段距離，這棟建築真是該死地大！

我邊跑邊大喊：「快開槍啊！」

男子點點頭，扣下扳機，卻沒有任何聲音。

那刺骨的壓力遠遠地出現，我急得差點哭出來。「你在幹麼！」

男子一瞬間沉默，然後抿著嘴，含糊地說：「沒子彈惹。」

「什麼？」

「對不擠，已經沒有子彈惹。」

「操！」

我差點摔倒在地。「你裝什麼可愛！不是說還有三發嗎？整整少了五秒啊！五秒！你該不會是故意的吧！」

男子一副無辜的樣子。「奇怪了，我應該沒有記錯才對啊！」

「事實證明就是少了一發！你怎麼賠我！你這混蛋墨鏡小子——」

「大人饒命啊啊啊～」

我揪住他的領子前後搖晃，男子被我晃得話都說不清楚，指指樓梯的方向，定睛一看，那雙陰魂不散的高跟鞋竟然等在樓梯間！我連忙拔腿就跑。

「喂，你要去哪裡！」

「當然是去另一邊的樓梯啊廢話！我就不信跑不贏祂！」我回頭衝男子吼道：「還愣著幹麼，快來啊！」

見男子動作慢吞吞的，我實在看不下去，咬牙折返，抓起他一塊跑。他好像訝異地「欸」了聲，但我沒空管他的反應。此時高跟鞋就在距離不到三公尺的位置，明明從未親眼看到祂移動，卻只是稍微移開視線，位置就會不同，這種捉摸不定的感覺讓人頭皮發麻。

來了，那種沉重的阻力又出現了，我們跑步的速度越來越慢，面前的走道彷彿被無限拉長。

「可惡……」

怎麼辦？怎麼辦？怎麼辦！

我試圖從混亂的理智中找出逃脫的機會，明明距離出口只剩一點點了！照這樣下去，根本到不了樓梯我們都會力竭而亡，為什麼該死的就是少了一發子彈！
要是還有其他出口的話……
想到這裡，我靈機一動，轉頭問男子。「聻只能留在大樓裡，對不對？」
「沒錯，建築物本身就是一種結界，就算是聻也無法離開祂死去的場所。」
「那就好辦啦！」
我像扛米袋那樣一把扛起男子，不顧他在我肩上錯愕地抗議，朝著走廊一扇破掉的玻璃窗，大步一躍。
「哇啊啊啊——」
「喝啊啊啊啊——」
男子的慘叫迴盪夜空，我為了壯膽喊得比他還大聲，兩個人就這樣摔在茂密的樹叢上，又因為樹枝不堪體重斷裂，迅速滾落下來。幸好衝擊被減緩很多，我受身落地滾了兩圈，雖不到毫髮無傷但至少還站得起來。
我身上四處都是被樹枝劃破的傷痕，流的血比預想還多，這副模樣走在街上一定會嚇壞不少人，幸好現在是半夜。
「喂，墨鏡小子，你沒事吧？」
我四處張望，沒找到男子，撥開樹叢才發現他倒在那裡。
「醒醒，我們到外面來了。」
我彎下腰拍拍他的臉，看不到他的眼睛，不過我想他現在應該是翻白眼的狀態。

「嗚……」

男子發出含糊的呻吟。「你幹麼抓著我一起跳啊……」

「廢話，你想被聻抓走啊！」

「你真善良……我都快愛上你了，哈哈……」男子乾笑幾聲。「但是你有沒有想過，為什麼我可以住在這裡這麼久……」

「啊。」

我終於察覺到自己好像誤會了什麼。

「我是……特殊體質，祂拿我沒轍……麻煩下次救人之前先用大腦，拜託……」

男子雙手合十說完，一副用盡最後一絲力氣的樣子，癱軟不動了。

「哇啊！該不會掛了吧！對不起啦！我不是故意要害你的，醒醒啊！」

我一慌張又抓起他搖晃，他嘴脣動了動。「我休息一下就好了……附註，這裡不安全，大家都知道……」

「你這看起來傷得超重欸？確定？」

我皺眉，怎麼看他都不是「休息一下就好」的狀態，確認了好幾次要不要幫他叫救護車，得到的答案都是ＮＯ。最後我只好把他留在原地，自己離開，回到車上還是不放心，便打了一一九。

只是我沒想到，過了幾個小時救護人員打電話來，說他們沒有找到傷者，要我別亂報案浪費資源。我一整個莫名其妙，被兩個大男人壓壞的樹叢很顯眼，男子的情況也不可能到處亂跑，為什麼會找不到？

我想來想去，只有一個可能：他們根本沒過去。

男子剛才說了，大家都知道這裡不安全，所以不僅老百姓不進去，搞不好連警消都避之唯恐不及。這樣推測似乎有點小人之心，可我怎麼想都覺得沒錯。

原本已經到家的我，掛上電話後又再度驅車趕回大樓，然而，男子不在那裡。樹叢殘留著被壓斷的痕跡，落葉、血滴遍布，可人卻消失了。

他自己回到家了嗎？還是徒步去醫院了呢？

儘管我很想知道男子的下落，可終究不敢再踏進大樓一步，這件事也就這樣，在我心中劃下不甚完美的句點。

然而，這僅僅是接下來一連串波瀾萬丈的冒險的開篇，當時的我尚未察覺。

幕間：廢墟中的作文《難忘的經驗》

那天放學，媽媽告訴我一個震驚的消息：我們要搬家了！天呀！怎麼會有這種事，想到竟然要離開我們祖孫三代同堂、住了幾十年的家，我就感到非常不捨。

其實，從很早以前就聽說我們家總有一天會被拆掉，所以搬家也是遲早的事！因為這裡已經很老舊了，而且還發生過很多次火災，也就是所謂的「危樓」，外面還掛著「危老建築請勿進入」的紅布條。

我常常在想，真是的，為什麼不好好修理呀！

前幾次火災我沒有經歷過，不知道是真是假，但我小學四年級的時候，真的碰到了！由於非常恐怖，直到現在回想起來都還心有餘悸，有時還會做惡夢呢。

火災發生在十一月底，凌晨三點，我睡覺到一半，忽然聞到燒東西的味道，很臭很嗆，都喘不過氣來了。我醒了過來，把睡在旁邊的媽媽搖醒，她也聞到了味道，然後慌張地說：「啊！失火了！」

那時候的我太小了，不了解「失火」到底有多麼可怕，雖然在學校都做過演習，可是心裡總是覺得，不就是把溼毛巾蓋在頭上，用爬的出去就好了嗎？但看見媽媽這麼緊張的樣子，就知道一定是很不得了的事，跟演習完全不一樣。

緊接著，我聽到樓上、樓下鄰居的聲音，對面的大樓窗戶都被打開，有好多人探出頭來，拚命地揮手，大喊：「火燒厝囉！火燒厝囉！」

媽媽手忙腳亂地幫我穿上外套，從梳妝臺的抽屜裡拿出包包——後來我才知道，裡面裝著金條跟存摺——抓住我的手逃出家門。

幾乎所有住在大樓裡的人都逃出來了，樓梯被擠得水洩不通，加上濃煙幾乎沒辦法呼吸。我們好不容易才跑到外面，好多人的臉和身體都灰灰黑黑的，也有不停咳嗽、露出痛苦表情的人。

我們站在樓下抬頭看，大概五樓以上的窗戶都變成黑色，煙不斷冒出來，還有紅色的火光夾雜在其中，讓人怵目驚心。

媽媽緊緊抓著我的手，我發現她居然哭了！我問媽媽，她是不是也覺得很害怕呢？媽媽說，她哭是因為她想到我們的家，是過世的爸爸努力工作賺錢，好不容易才買下的，但連續幾次失火，讓她知道這裡已經不能住了，所以非常難過。但我不懂，我們家沒有被火燒到，要繼續住應該也可以啊！只能說，大人的想法真的太複雜了。

那天，還發生了另一件奇怪的事。

在樓下的時候，我看到頂樓有人，那裡的煙比較少，很明顯可以看到，窗前有人在走來走去。但是，頂樓明明就沒有人住啊！聽說在很早很早以前，那裡就被封鎖了，我到現在都沒有上去過。

該不會是看到鬼了吧！我覺得很害怕，可是實在太好奇，不由自主一直盯著窗戶看。但那個人不久之後就消失了，我有點擔心，如果他不是鬼，其實是住在大樓裡的人怎麼辦？會不會被燒死啊！我連忙告訴媽媽，但她說是我看錯了，那裡什麼都沒有。

後來消防車來了，救護車也來了，好多穿著制服的人跑來跑去，用擔架抬著受傷的人去醫院。我一直在想他們不知道有沒有去頂樓看看，很想跟他們說，可是又不敢開口。

這時，我在人群中看到兩個很奇怪的人。

其中一個男人穿著黑色西裝，戴著墨鏡和手套，感覺有點帥。另一個男人比他高大，頭髮全都梳到後面，穿著花襯衫，看起來就像是電影裡面的大壞蛋。

我偷偷盯著他們，發現穿花襯衫的人好像在哭，戴墨鏡的人則是面無表情，抬頭看著頂樓的方向。

他們兩個到底……

（寫至此處筆跡便中斷了，稿紙上沒有標示姓名或學校，作者不詳。）

第一站：來去你家住一晚

01

平時我除了寫恐怖小說之外，也定期在一本專門報導超自然現象的雜誌《新世界》連載專欄，主要是將普通的照片或事件加油添醋成靈異故事，說實在的，很三流。

負責我的編輯池上小姐（不是日本人，因為她喜歡吃池上飯包）每次開會時都吐槽我寫的內容越來越敷衍，還被讀者投訴很難看。但科學發達的這年頭，靈異故事本來就少，要是亂掰得太過火，也同樣可能引起爭議，所以我總是傷透腦筋。

不過，這個月的內容我很有把握，因為我寫的正是前陣子在廢棄大樓裡遇到「聻」的事。熱愛新奇事物的池上，絕對會喜歡這個故事，我自信滿滿把稿子交出去，果然沒過多久就接到她的來電。

『東樺，你這篇不是造假的吧？你真的進了那棟大樓？』

我冷笑。「我每篇都嘛造假，就這篇是真的。」

『就知道你有天賦，跟你說啦，我知道接下來的專欄可以寫什麼了！』

於是池上隔天便約了我見面。我們談話常在一間由獨立樂團主唱開的、結合表演空間的咖啡廳，位於文創園區附近，價位很高，好處是夠舒適、夠隱蔽，而且主唱很帥（池上說的，我完全不覺得）。

我到的時候，池上早就等在那。

今天樂團沒有表演，人少了很多，她穿著一貫的淺灰色套裝坐在角落的位置喝咖啡，那幾乎是我們的御用座位。

「唉呀，認識你這麼久，就這篇寫得最棒，你犧牲奉獻的精神讓我相當感動。」

池上裝模作樣地說著，我挑眉。「妳想幹麼？」

「比起虛構的故事，你的親身體驗更有趣，所以我想提拔你成為敝社的御用調查員。」

「御用……什麼？」

「嗯？我沒跟你說過嗎？」

池上眨眨眼睛，露出甜美的笑容，根據以往的經驗，看見這個表情，代表有人要倒楣了。

很不幸地，那個人好像是我。

「我們雜誌社有個調查部門，以雙腳跟雙眼去打聽情報，跟那些只會坐在電腦前複製貼上的白斬雞完全不一樣。因為他們都很忙，平時不會出現在辦公室，你之前來，有看過一排空著的位子吧？」

「妳那時說那裡本來就沒人。」

「因為覺得沒必要告訴你。」

「那還要我加入。」

「計畫趕不上變化嘛，你拒絕也沒用，我已經都想好了，喏。」

池上把她的平板推到我面前，我不甘不願瞄了一眼，上面大剌剌寫著《特搜！怪談城市異聞錄》這種宛如綜藝節目的標題。

「嗚哇，有夠俗的，怪談城市是什麼？臺北？臺北有這麼多怪談嗎？」

「不准笑！這可是以解密都市傳說為主題的企劃，絕對會大受歡迎的！」

「妳是說紅衣小女孩、送肉粽、人面魚之類的？」

「那些早就被寫到爛掉了，完全沒賣點啦。」

「這我倒是同意。」

這發言可能會被無數寫過或者準備寫這題材的人圍毆，但我的確已經厭倦了每次提到都市傳說，來來去去都是那幾個，再怎麼恐怖，看久了也會膩。

「總之你看就對了，絕對有料。」池上一臉興奮催促著。

「是喔——」

我無奈地打開企劃書的第一頁，只有一張照片，不知是哪裡的牆上，被用紅色噴漆寫了「時辰已到」四個字。

我抬頭望著池上，她賊笑。「很眼熟對吧？你傳給我的照片也有拍到這個塗鴉。」

那天的記憶再度鮮明地湧上，我拿出手機跟自己拍的照片對比了下，筆跡幾乎相同，就連寫錯的地方也完全一樣。

接著往下翻，每一頁都塞滿了照片，公共廁所、鐵欄杆、自動販賣機、牆壁、柏油路、電話亭，都被寫上「時辰已到」。

有的照片下面有標註日期跟地點，有些則無，拍攝手法跟畫質也都不同，應該是從網路蒐集來的。

「大概從半年前，也就差不多是那場地震之後，臺北街頭就陸續出現這樣的塗鴉。」

「跟地震有關嗎？」

「誰知道，總之有人把塗鴉ＰＯ上網，馬上吸引很多人跟進，到現在還在增加中。」池上向我說明。「大家很好奇到底是誰寫的、背後有什麼原因，很有成為都市傳說的潛力。」

「妳是因為我傳了那張照片才要我寫這個？」

「我老早就想做，只是猶豫要誰來寫，你又剛好傳照片來，不覺得很像命中註定嗎？」

「去妳的，調查街頭塗鴉有什麼意義？而且妳這知名度也太低了，連我都沒聽過，還不如『大腸王』和『青少年純潔騙殺全國』（註1）咧。」
「你繼續看就知道了。」
如果是以往，被我吐槽的池上一定會火大，但今天她卻老神在在地微笑著，一副有什麼陰謀的樣子。我狐疑地繼續看，後面有幾張照片是從較遠的地方拍的，可以清楚看到塗鴉的位置——
電線杆的頂端。
大樓最高處的外牆上。
水溝底部。
盡是些物理上無法抵達的地方。
「下面有詳細的地點，你可以親自去看看，百分之百真實。」
「……這不是合成的吧？」
「我懂了，假如只是普通的塗鴉，根本沒有調查的價值，重點是有些塗鴉出現在人根本過不去的地方。不過要跟靈異扯上邊，好像還差了那麼一點兒，就是說不太可怕。」
我邊看邊碎碎唸，池上也沒有反駁，只是面帶微笑聽著。照片數量比我預想的還要多，起碼也有一百多張，最後池上還將塗鴉標記在地圖上，紅點密密麻麻，以

註1　兩者是經常出現在臺灣街頭牆上的塗鴉，被稱為臺北四大街頭傳說。

西區最為集中，其餘的則是零星散落在附近。

再往下看，從圖片變成了表格，標題是「塗鴉點現今的變化」，分成左右兩格，分別是「BEFORE」跟「AFTER」。

表格內容讓我倒抽了一口氣。

半年前發現塗鴉的公共廁所，上週有一名大學生在那服藥自盡，據說有留遺書，但沒公開，所以不清楚原因。

電線杆則是被計程車正面衝撞，駕駛當場死亡。

自動販賣機前發生搶案。

電話亭裡出現被分屍的屍體。

水溝的蓋子被偷走，有老人摔了下去。

近一個月以來，越來越多被畫上塗鴉的地點出了事故，輕則受傷，重則送命，已經不是可以用「巧合」來形容的程度，也絕非人類能夠做到的事。

所謂的「時辰已到」，指的難道就是這個？這些人註定會在這些地方出事嗎？

「你的表情很不錯喔。」

池上的聲音將我拉回現實，我抬頭，覺得有些暈眩。

「我交給你的任務，就是去找出塗鴉的作者，還有這些事故跟塗鴉的關聯性。這是為了所有人好，你也不想更多人受害吧！」

「問題是，妳這教我該從哪裡做起……塗鴉被拍下來的時間不見得就是畫上去的時間，而且從這個表格來看，發現塗鴉到發生事故的間隔也不固定，更不用說完全不知道下一個塗鴉會出現在哪裡，連守株待兔都做不到。」

「找出真相是調查員的責任，你得自己想辦法。」

「媽的，這能查出東西才有鬼。」

「你的靈異魂到哪裡去了？」

「……總之妳不要抱太高期望。」

我悻悻地離開了咖啡廳，臨走前還聽見池上幸災樂禍的聲音。

「我會為你祈禱的，加油啊，老師～」

嘖，就只有這種時候會叫我老師。

接下這個任務後，我花了幾天時間到有塗鴉的地點探勘，也問了附近的人詳細情況，卻沒能得到什麼新資訊。我的手機很快塞滿塗鴉的照片和訪問錄音，聽了許多光怪陸離的故事，但根本只是在原地打轉。從沒有人目擊過塗鴉客，目前拜訪的所有塗鴉，都「恰好」位於監視器拍不到的地方。

猶豫許久，我終於下了一個決定——我要回廢棄大樓，去見那傢伙。

其實一開始我就想去找他，畢竟他看似很了解超自然方面的事，住的地方就有這麼明顯的塗鴉，說不定會知道些什麼。一方面，我也想確認他的生死，那天他忽然消失，我到現在還耿耿於懷，但始終提不起勇氣。

誰教就連只是從附近路過，我都會想起那隱藏在破舊高跟鞋背後的殺意。
可是，我總有預感如果不去的話，會錯過很多重要的事情。
心中的鼓譟在催促我，驅車前往那天差點奪走我小命的地方。

02

我呆呆望著前面用藍色塑膠布跟鷹架圍起來的廣大空地。
沒了。
完全沒了。
我抱著頭蹲在地上，該死，怎麼會忘了這棟大樓馬上就要被拆！把我的覺悟還來！
這下子別說塗鴉，連那名男子的去向也失去線索。我不甘心，在周遭隨便晃了下，走進對面的便利商店，問櫃檯的工讀生。「不好意思，你在這裡做很久了嗎？」
滿臉青春痘的小男生說：「半年了吧。」
「那你有沒有看過一個全身穿黑色、戴著墨鏡跟手套的男人？」
「喔，有啊！」男生點頭。「他常常來買東西，每次都買泡麵跟布丁，然後坐在那邊吃。」
「加在一起吃？」

「對啊，說有豚骨拉麵的味道。」

「這種老梗還真的有人會嘗試喔……不對！」我瞪著他，幾乎要爬到櫃檯上。「你跟那傢伙熟嗎？」

「請、請不要這樣……」

「歹勢。」

我默默把距離拉遠，用眼神催促工讀生快說。

「我只有跟他交流過把食物變好吃的方法，說不上很熟……對了，他說過把酪梨切片沾芥末跟蒜蓉醬油會變成生魚片的味道，真的超好吃，您有機會也試試看吧！」

「誰在乎啊！快告訴我那傢伙的事！」

「噫噫噫！對不起！」

工讀生好像快嚇哭了，我汗顏，連忙道歉。

「他最後一次來這裡是上個禮拜三，就是都更的前一天，說他要搬家了，謝謝我平常的照顧……」

我大喜，他果然還活著！

「他有說要搬去哪裡嗎？」

「沒有……」

工讀生想了一下。「不過，他說只要有鬼的地方，就能找到他。」

我一愣，這話好像有點耳熟，怎麼跟我一樣？只是再問下去才發現，工讀生連他的名字都不知道，遑論更多線索，我頹喪地離開。

有鬼的地方這麼多，簡直就是大海撈針。

之後我又在周圍問了一輪，大部分人都沒看過那傢伙，少數有見過的也都不知道他會搬去哪。一無所獲之下我只好回家，順道買了包鹹酥雞慰勞自己。

明明感覺只是稍微晃了一下，天就已經黑了。

「啊啊啊啊啊！」

我，秦東樺，二十五歲的大男人，此刻正在家門口放聲慘叫。

「為什麼？什麼時候？咦？咦？咦？」

我全身炸出冷汗，看著自家大門，上面竟然出現了紅色噴漆寫的「時辰已到」！

出門時我確定什麼都沒有，會不會太邪門了！

莫非是塗鴉客知道我在調查，特意來挑釁？不，他怎麼會知道我家住哪？不要告訴我他真的不是人吧！還是我被跟蹤？

我伸出顫抖的手摸了摸噴漆，手指沾染了一片紅色。

頭頂啪啪兩聲，樓梯間的燈熄滅了。

黑暗中，門上的紅字竟似乎微微發光，我腦中閃過那些出事的塗鴉地點，難道，下個目標就是我？

不管怎麼做，都無法平息我紊亂的呼吸，鑰匙早就拿在手中，我卻遲遲不敢把門打開。

這時，我聽見了聲音。

「嗚嗚……嗚嗚……」

有誰在哭。

難以分辨性別，壓抑的啜泣聲。

黑暗中的聽覺變得更加靈敏，我確信哭聲是從我家裡傳出來的。

心中的雷達告訴我，那不是人。

這裡治安很差，租金便宜到見鬼，什麼隔音、風水更不用考慮，我是完全清楚這點才租下的。

只是我沒想到會真的見鬼啊！這要我怎麼回家！

我慌忙掏出手機，準備打電話向學長求救，他是啟蒙我靈異知識的師父般的存在，說不定會有辦法。只是我才剛播出電話就手滑，把手機摔在地上，再撿起來時已經黑屏，完全動不了了。

「幹！一定要這樣對我就對了！」

算了，不打就不打，反正也不是沒碰過，這鬼再怎麼樣都不會比瞿可怕！

我毅然決然將門打開，怒吼：「給我滾出來！」

一陣冷風吹過，誰也沒有回答我。

也對，要是真回答了我也消受不起。

仔細一聽，哭聲還在繼續。

「嗚嗚……滋……嗚……」

斷斷續續的哭泣中，還夾著雜訊般的聲音，像極了下大雨時接觸不良的電視。

我試著打開玄關的燈，毫不意外沒有反應，手機也壞了，只能摸黑前進。

可能是稍微冷靜下來了，比起害怕，更多的反而是好奇。我家不是凶宅，至少住進來這麼久從未發生過靈異事件，為什麼會突然出現鬼？是因為塗鴉嗎？

究竟是先有鬼才有塗鴉，還是塗鴉把鬼引來這裡，得找出原因。

我慢慢移動步伐，發覺聲音的來處似乎是我的房間。

因為是獨居，就算外出我也不會把房門關上，可現在門卻是緊閉的。我走上前，握住門把轉動幾下，鎖著。

「嗚嗚……」

哭泣聲變得更加清晰，看來祂不想讓我進去。

但，這裡可是老子的家。

自己生活的空間被入侵的不爽跟恐懼交雜在一起，讓我心浮氣躁。

「出來！」

我藉著怒氣壯膽用力踹門，沒想到門竟然自己打開，我一個撲空摔倒在地。掙扎著起身，感覺鼻子一陣溫熱，隨手抹了把，全是血。

「可惡……」

我瞇起眼睛一看，卻愣住了。

眼前的景象並不是我的房間，而是陌生的長廊，完全看不見盡頭。

狹窄的空間僅能容納一人通過，牆壁的油漆斑駁，木地板踩起來發出刺耳的嘎吱聲，每隔一段距離就有一盞昏黃的燈泡，不時閃爍著。我想起小時候住過的外婆家，就有條幾乎一模一樣的走廊，而且還是去廁所的必經之路，半夜想上廁所的話簡直就是地獄。

我下意識回頭，驚覺身後的門早已消失，同樣變成了深不見底的走廊！

「嗚嗚……」

哀怨的哭泣聲從遠方傳來，整條走廊彷彿漂浮在海上，每走一步就輕輕搖晃，但也只能硬著頭皮前進了。

「喂——祢到底是誰啊——放我出去啦——」

我對著一片虛空喊道，燈泡閃爍幾下，變得更暗了。真是的，祢不放我走就算了，好歹讓我看得到路吧！我又試著跟祂說話，可再也沒有得到反應，唯有哭聲還在持續。

走了半天還不見盡頭，我腿都麻了，只好就地坐下來休息。

走廊搖搖晃晃，感覺真的很像身在海中。

「好……黑……」

「哇！」

忽然有人說話，我嚇得跳起來，發現自己右手邊不知何時多了一個黑影。影子靠牆瑟縮著，像是抱膝而坐的人，看不出性別跟長相，只是一個輪廓。

「嗚嗚……好……黑……」

黑影發出含混的聲音，看來一直在哭的就是祂了。

不知為何，祂直接在我面前現身，我卻覺得沒那麼可怕，或許是因為祂感覺起來不像厲鬼，而且還哭得這麼傷心，反而多了幾分人性。

「祢……」

我伸手想碰祂，祂的身體卻忽然縮小，變成一隻漆黑的鳥，眼睛周圍有白色的紋路，像眼淚。

黑鳥無視我的呼喚，振翅朝著走廊深處飛去。

「喂！給我回來！」

我想追上去，才剛踏出一步就踩空，瞬間整個人像搭雲霄飛車般開始墜落。

「啊啊啊啊——」

我慌張地想抓住什麼，但完全沒有著力點，我在什麼都沒有的黑暗中迅速下墜，越來越快、越來越快，然後「砰」！硬生生摔在地板上。

一回神，我已經回到自己的房間，彷彿什麼也沒發生過。

03

「原來如此，所以你不敢待在家裡，就跑來我這討拍？」

聽完我的說明，學長賊笑幾聲，喝了一口酒。他眼神渙散，地上堆滿空瓶，可見在我來之前已經不曉得喝了多少。這人曾說過他一天不喝酒會死，現在好像進化成一餐不喝就會死。

「不是討拍，是來找你討論。」

我把最後兩個字加重語氣，但學長好像沒聽進去，用鼻音敷衍地應聲，抓了抓他的鳥窩頭。他一隻腳還打著石膏，拐杖隨意丟在地上，穿著寬大的連帽外套跟運動褲，跟過去風光的模樣相去甚遠。

學長的長相在大學時代可說男女通吃，成績好、口才佳，每天都有許多人圍著他轉。結果畢業後可能運氣不好，連續幾次失業，又為了探險噴掉一堆錢，負債累累落得打工維生，就自暴自棄變成這樣。

「學長，你確定不剪個頭髮嗎？」

「故意留的啦，最近那什麼玄米律師好像很紅，老蔡說我這髮型跟他有點像。」

「唬爛，一點兒都不像。」

「你沒眼光。」

學長輕易把我的意見拋在一邊，搖搖晃晃起身。「我去廁所。」

我也站起來稍微活動筋骨，去翻學長的書櫃。我喜歡來學長家就是因為他的書櫃塞滿各種舊報紙、絕版雜誌、手抄本，甚至不知名作家的自印書，而且塞得滿滿的，幾乎都要爆出來。以前他就說，這裡的書隨便我怎麼看，前提是不可以帶回家——因為帶回家的都他媽的不會還。

學長每隔一段時間就會把書全部換位子，所以永遠可以發現新東西。我隨手抽出一本黑色封皮的筆記本，翻開一看全是二、三十年前的剪報，都泛黃了。

其中一份剪報記載的是廟口發生的鬥毆事件，標題「廟口爆喋血事件，造成一死二傷，持槍惡煞稱隸屬『不道堂』」。

再往下看，整本的剪報幾乎都跟「不道堂」有關。

很小的時候我曾在社會新聞聽過不道堂的大名，他們似乎是某種幫派，不外乎就是些打打殺殺、互相尋仇，那些千篇一律的事件。會留下印象，是因為有次專欄主題是養小鬼，當時蒐集的資料裡面，就有個據說來自不道堂的養鬼人接受採訪的影片。

那段影片我很喜歡，保存在電腦裡很久，後來颱風導致房子漏水，電腦直接報銷，影片跟其他資料一起沒了。即使上網搜尋，也找不到這段採訪，其他資料更是寥寥可數。

學長幹麼蒐集這麼多不道堂的新聞？

「喂，那本不行！」

正疑惑著，學長忽然衝進來，一把搶走我手中的筆記本。「你看了？」

我被他的氣勢震懾到。「看、看了一點兒。」

「該死，我明明記得已經丟了。」

學長叨唸著，把筆記本用力塞進角落的垃圾桶，還踹了它一腳，然後轉過頭揚起嘴角說：「有些事情，知道的越少越好，你說對不對？」

我不敢講話，因為他的眼睛沒有在笑。

學長從小冰箱裡拿出一罐啤酒，大口灌下。「啊——好爽。」

「那個……」

「東樺，你剛講的我想了一下，既然你肯定你家不是凶宅，最近也沒去不乾淨的地方，那我覺得喔，應該只是路過的鬼啦。」

學長忽然轉移話題，我一時間還反應不過來。「呃？」

「不是說你家鬧鬼？雖然房子都有門神守著，但偶爾就是會有漏網之魚，讓路過的鬼跑進別人家，這種的不要管祂，隔天就會走了啦。」

「歪理，這樣的話，塗鴉要怎麼解釋？」

「不知道，反正我覺得你想太多。照你說被塗鴉的地方都會出事，但目前最快也是一個禮拜後，你這才第一天，不可能會怎麼樣啦。」

學長換了個姿勢，從坐著變成側躺著，把酒舉到我面前。「喝嗎？」

「我要開車。」

「你就在這邊過夜啦，回去跟鬼大眼瞪小眼會比較好喔？反正我明天沒事。」

學長不停慫恿，但我想到他剛才古怪的態度，還是婉拒了，幾乎是狼狽地逃走。當然，鬼絕對不會自己消失，所以我也沒回家。我在附近的網咖待了一夜，沒闔眼，拚了命搜尋資料，直到回家的路上，我也一直在思索該怎麼對付祂。

昨天祂把我拉進那個奇怪的空間、出現在我面前，卻又沒有要跟我溝通的意思，還變成鳥飛走。為什麼鬼可以變成鳥？聊齋那類的鬼故事經常會有鬼變身的情節，可我都當那是杜撰出來的，親眼看到反而很沒有真實感。

我一路胡思亂想，不知不覺到了家，站在樓下望著自家陽臺，猶豫了很久，才認命上樓。我住在五樓，平時爬樓梯不覺得怎麼樣，今天卻感覺特別漫長，終於爬到四樓半，我抬頭一望，發現自家門前竟然蹲著一個人！

靠，你誰啊？

我差點就吼出來，連忙捂住嘴。那人全身黑色，蹲坐的樣子簡直跟昨天見到的鬼如出一轍。可他身上沒有鬼的氣息，應該是活的。我躲在樓梯間等了半天，他動也不動，隱約可以聽見呼吸聲，好像是在睡覺。

也許是哪層樓的鄰居喝醉走錯路。

我來到門口，搖晃他的肩膀。「喂！你是哪樓的？」

那人緩緩抬頭，看見他的臉，我徹底傻住。

這不就是……大樓裡的墨鏡小子嗎！

「你、你怎麼會在這裡！」

「是你啊，好久不見！」

男子推了推墨鏡，指著我門上的塗鴉。「我是跟著這個來的。」

「蛤？」

「我原本住的地方被拆了，所以在找新房子，看到這裡被標記，還以為是空屋呢。」

「你講清楚一點兒！」

「『時辰已到』的塗鴉啊！因為某種私人原因，我對這玩意很有興趣，哪裡有標記，哪裡就有我。」

也太巧了吧？我不由得興奮起來，解釋我由於工作需要，也正在調查塗鴉，原本就想找他討論，問他能否多告訴我一點兒情報。

男子聞言站起來，伸了個懶腰。「我們道上把這叫做『標記』，通常不會出現在有人住的建築物內部，看來你家是例外。」

「為什麼叫標記？」

「以前小偷要偷東西之前，都會在門外觀察很久，然後在上面塗鴉嘛。這不是有異曲同工之妙嗎？就像是犯罪預告那樣，只要有塗鴉的地方，不久後一定出事。」

「有道理，不過你怎麼知道標記接下來會出現在哪裡？」

「我不知道，但是一有新發現，『祂們』都會告訴我。」

男子神祕地笑起來。「能跟另一個世界的好兄弟溝通，有時挺方便的，是吧？」

「你真的看得到鬼？」

「很奇怪？」

「是不會。」

這是真心話，以前社團裡的怪人更多，他這還算普通的。

男子聽見我的回答，開心地笑了。「相逢便是有緣，既然我們的目的一樣，我就再免費幫你一次。」

男子朝我伸出手。「我叫山貓，是個興趣使然的除靈師。」

除靈師！

這三個字在此刻的我聽來簡直等於「救世主」，而且他還說免費！我想起他那把用雷擊木當子彈的槍，頓時覺得充滿希望。

我幾乎是迫不及待地握住他的手。「我叫秦東樺，請多指教啦！」

04

我帶山貓進屋，什麼都還沒說，他就朝我房間走去。我跟在後面，心想他沒騙我，真的是個通靈人士，比學長厲害多了。

「你小心點，打開門可能會跑進奇怪的空間……」

「沒有必要開門。」

山貓回過頭，將食指放在脣邊。「身為人類，不能被鬼牽著鼻子走，我會讓祂自己出來。」

「要怎麼做？」

「你看就知道囉！」

原以為山貓會把槍拿出來，沒想到他第一個動作竟是脫手套。黑色的皮手套被緩緩脫下，露出白皙的手掌，指節修長但布滿老繭，讓我稍微有點驚訝。沒想到這麼年輕的人，也會有如此滄桑的手。

「東樺，你先隨便找個地方躲著。」

山貓用像在哄小孩的口氣說，還故意把「東樺」兩個字拖得很長，我莫名有點不爽。「你剛叫我什麼？」

「你不覺得叫東樺比較好聽嗎？」

山貓對我微笑，卻散發出不容反駁的氣勢。「如果不想等等被鬼上身，就乖乖躲起來。」

我只好聽話地躲在餐桌下面，從桌巾底下窺探他的舉動。只見山貓將手覆在門上，嘴裡喃喃唸著什麼，瞬間燈就「啪」地全滅了。

「嗚嗚……」

房裡傳出哭聲，地板開始震動，我蹲在桌下，清晰地感覺到有「東西」要過來了。

「好黑……好……冷……」

漆黑黏稠的液體從門縫裡溢出，一直延續到我的腳邊，我聞到了一股血腥味，連忙把腳挪開。

黑色液體越來越多，地板的震動也越來越厲害，不，不僅是地板，整棟房子都開始劇烈搖晃起來。我緊緊抓住桌腳不放，擺在桌上的杯子、書櫃上的裝飾品都摔在地上，發出刺耳的碰撞聲。唯有山貓依然站著，似乎完全不受影響，他稍微後退幾步，嘴裡誦著咒文，那些液體竟飄浮起來，緩緩匯聚成形。

頭、翅膀、身體，赫然是我昨天看見的鳥。

那隻宛如流著淚的鳥，停在山貓伸出的手上，發出人類的哭聲。

「別擔心，我會還你公道的。」

山貓低聲說，黑鳥似乎聽懂了他的話，竟然漸漸變得半透明，憑空消失了。震動漸漸減小，電力也恢復了，我從桌子底下爬出來，山貓將手套戴上，對我微笑。

「你家是凶宅喔。」

「可是，我住了很久都沒有發生過靈異現象……」

「那是當然的啊，因為是昨天才變成凶宅的。」

「你說啥？」

「就是說啊，在你昨天離開家的時間裡，這裡變成了凶宅，超新鮮的喔。」
「你、你的意思是有個人在我不知道的時候死在我家，然後又自己不見嗎！怎麼可能啊！」
「發揮你的想像力～」
山貓從我身邊晃過去，走進廚房，我以為那裡也有鬼，沒想到他竟然開始翻我的櫃子，從裡面拿出兩包泡麵。
「別告訴我你要吃！」
「東樺，你家有沒有布丁？」
「聽人講話！」
山貓壓根不理會我，又擅自打開冰箱，似乎真的在找布丁。我過去將冰箱門用力關上，同時把泡麵抽走。「先給我解釋清楚，我房間裡到底有什麼東西！」
「剛才還一副把我當救世主的樣子，現在卻對我這麼冷酷，翻臉的速度真快。」
山貓用無辜到很噁心的語氣說著，我感覺額角都浮起了青筋。這跟那是兩碼子事吧！我才是屋主欸，搞屁啊！
「快講就對了，處理完我就請你吃真正的豚骨拉麵！」
「你說的喔！一言既出，駟馬難追。」
山貓總算放過我的冰箱，回到房間裡，說剛才那隻鳥正是所謂的「傷魂鳥」，也就是由死人的靈魂變成，介於生物與非生物之間的「汙穢」。傷魂鳥的成因眾說紛紜，唯有一點可以確定，那就是死者必須抱有強烈的冤屈。

傷魂鳥只會出現在死去的地方，所以不管我再怎麼不願相信，祂千真萬確是死在我房間裡，時間沒意外就是昨天。

「那要怎麼趕走祂？」

「找到祂的屍體、替祂超渡囉，啊，凶手也順便找一下唄。」

「你不是能跟祂溝通？怎麼不直接問凶手是誰？」

「人變成鬼之後，大部分都只能說很簡單的話，與其說溝通，不如說只是我們單方面聽祂們訴苦……要是真能問出來，世界上就不需要警察了。」

山貓望著窗外，幽幽地說。

房間的東西不多，只有床跟衣櫃，再來就是書了。靠窗的那面牆完全沒擺東西，視野非常好，可以整個人靠在窗臺上看風景。

「不過，怎麼可能會有人死在我家，應該說，家裡被不認識的人闖進來這種事情，根本就——」

我話說到一半，忽然想起什麼。

這片區域治安不好，所以小偷很多……

「難道是被闖空門了！」

我推開山貓，觀察窗臺，發現上面的確有個新的鞋印！昨天剛進門就被鬼嚇跑，根本沒去檢查，看來是真的有人進來過！不過如果只有一個小偷，就算出了什麼意外死在我家，屍體也應該還在，所以肯定有共犯！

「原來如此，這樣也難怪祂會有冤屈，祂是被同夥殺死的啊！」

我興奮地說出猜測，隨後便感到一陣惡寒，自己的家在短短幾小時內變成凶宅，怎麼想都很超現實。

「喂，你怎麼反應這麼冷淡？」

我推了推從剛才到現在都沉默著的山貓，他這才回神。「什麼？」

「我剛講的你都沒在聽喔！」

「有啊，我只是在想別的事。」

山貓用戴著手套的手輕輕拂過窗臺上的鞋印。「太快了。」

「什麼？」

「變成傷魂鳥的速度。」他以嚴肅的語調說：「普通的鬼要變成另一個型態，怎麼說也得過頭七，即使祂真的有如此大的冤屈，也不可能在半天內就長成這樣成熟的狀態。」

「你的意思是我猜得不對？」

「不，你說的應該八九不離十，只是現場有個催化劑，讓時間大幅縮短了。」

「……塗鴉？」

山貓點頭。「除了這個，我想不到別的原因。」

要解決的疑惑堆積如山，但目前最要緊的還是傷魂鳥。

除了那個鞋印，房間乾淨得像是沒有人進來過一樣，要不是真的見鬼，恐怕誰也不會相信有個人死在這。我們又翻找很久，沒有任何財務損失，唯一不見的，就只有屍體。

祂是誰、為什麼會成為小偷，莫名其妙死在這裡，死去的當下究竟又在想些什麼。

或許是因為發生在自己家，我第一次思考起這個問題。過去遇到鬼，我從不會想祂們生前究竟是什麼樣子，現在想想，當鬼也挺可憐的，明明依然眷戀世界，卻沒有辦法被人理解。

恐怕祂是感到慚愧，身為受害者的我，卻成為唯一能替祂解脫的人，所以祂才會把我拉入那個空間，又在我接近時慌忙逃走。

昨天跟今天，祂都不斷重複著「好黑、好冷」這樣的話，以常理判斷，祂的屍體很有可能被丟進水裡了——附近正好有一條河，假日還會有不少人釣魚。會這麼想絕對不是瞎猜，因為周邊有很多黑社會跟流氓混混，他們棄屍經常就選那裡。

我跟山貓去問了鄰居，樓下的大學生說，昨天中午的確有聽見樓上傳來奇怪的聲音，好像是有什麼東西很用力砸在地上的碰撞聲。算算時間，差不多就是我出門後不久，說不定這些小偷早已躲在暗處觀察我多時。

「竟然挑中午行竊，他們還真大膽。」山貓事不關己地評論。

「你不知道，中午才是最適合的時間。這附近都是學生跟上班族，中午根本沒人在，晚上大家都回家了，偷東西反而很容易被抓。」

「原來如此！你好博學多聞喔，不愧是作家。」

「這是住在這裡的常識，你別光顧著感嘆！這裡也沒有監視器，就算知道有人來過，也不曉得是誰啊……等等，你怎麼知道我是寫書的？」

背後頓時冒出冷汗，我不記得有跟他提過這個啊！

「我在你房間看到好幾本書上面有你的名字，那不就是你的作品？」

「嘖，有時真的很後悔用本名出書。」

「不要害羞嘛，東、樺。」

山貓勾著我的脖子，假如這是漫畫，他叫我名字的後面絕對會有個愛心符號，聽起來他媽超級可怕。

「放手！信不信我揍你！」

我用力把他的手甩開，大步離去。

這些小偷肯定不是第一次犯案，搞不好就是附近的住戶，甚至有可能就住在這棟大樓。但死了一個人，短時間內說不定不會再來，埋伏太沒效率。

「我要去河邊。」我說。

05

我驅車來到河岸，還載著山貓，他正開心地吃著我買給他的棒棒糖，像出外郊遊的小學生一樣哼著歌。出門前他還不客氣地嗑掉我兩碗泡麵外加一罐雪碧，甚至都想好了今晚的菜單（麻辣火鍋），就只差沒要求要住下來了。

「拜託你別這麼開心，我們可是來找屍體的……」

我嘆了口氣，把東西收好下車。今天不是假日，河邊只有零星的釣客，微風吹來，我不禁瞇起眼睛。

「我第一次來這裡，真漂亮。」

山貓的聲音在身後響起，他咬著棒棒糖，很有興趣地四處盼顧。

「這麼近，你竟然沒來過？」

「自己一個人來，一點兒意思也沒有。」

「你沒朋友嗎？」

「哈哈，像我這樣的人，哪有什麼朋友……」山貓的語氣，不知為何有點落寞。

「真意外，我還以為你是那種享受夜生活的人咧。」

「聽不懂你說什麼，我們去找屍體吧！」

「給我小聲點！」

我怒道，可山貓早已跑遠。他活潑的樣子跟方才與傷魂鳥對話的時候判若兩人，完全搞不清楚哪邊才是本性。我跟在後面，發現他嘴上說要找屍體，其實沒有很積極，只是隨意在岸邊走來走去，找了個不錯的位置就坐下了。

這人真的是來郊遊的啊！

我無奈地過去，坐在他旁邊。「這位先生，你不是除靈師嗎？應該有可以快速找到屍體的辦法吧。」

「我還以為你要親自跳下去找呢。」

山貓沒看我，望著在陽光下晶瑩閃爍的河面，我看著他的側臉，好像可以隱約窺見墨鏡後的眼睛，只是被頭髮遮住了。

「你為什麼要戴墨鏡？」我忍不住問。

「帥啊！」

「……」

怎麼覺得不是很意外。不過不管是半夜或室內，他都沒有把墨鏡拿下來的意思，真的只是為了耍帥嗎？

「東樺，你靠過來。」

「啊？」

「靠過來一下就對了。」

山貓神祕兮兮地對我招手，我不明所以地把身子挪近。

「再靠近一點點。」

「到底要幹麼——靠！」

我又往前一點兒，幾乎是可以接吻的距離了，他竟然一巴掌呼過來，把什麼冰冰涼涼的東西貼在我眼睛上。我頓時感到一陣刺骨的疼痛，就像是在眼皮上抹面速力達姆（註2）。

「哇！這三小！好痛痛痛痛！」

我把那東西撕下來，居然是兩片細長的樹葉。

「這是泡過符水的柳葉，只要用這個，就能獲得二十四小時限定的陰陽眼喔！附註，會有點痛，請稍微忍耐一下。」

「都痛完了才講有個屁用！還有我又沒說要開陰陽眼！臭小子，誰准你擅自幫我決定的啊啊啊！」

「只有我看得到很難辦事，想要我幫忙，你總得付點代價。」

「你自己說免費幫我的，我不是都請你吃泡麵和棒棒糖了嗎！你還預訂了火鍋跟豚骨拉麵欸！」

「我的意思是，你不能什麼都不做，看！」

山貓用力拍我的背，指指前方，我才發現原本空蕩蕩的河岸，此刻竟聚集了許

註2　曼秀雷敦軟膏，又稱小護士。

多人潮。然而仔細一看，那些人的身影都像是雜訊般忽隱忽現，五官也一片朦朧，甚至還若無其事地從釣客身上穿行而過。

「好多……」

這是我唯一能說的話，憑我的靈感，完全不覺得這裡有鬼，沒想到竟然有這麼多嗎？明明是大白天啊！

「鬼不是都怕陽光嗎？」

「那是刻板印象。」

山貓搭著我肩膀說：「絕大多數沒有惡意的鬼都難以被感知，你之前所看見的，不過是冰山一角。」

「……我服了。」

雖然很不甘心，但真的輸得徹徹底底。

「水是生命的源頭，也是死亡的終點，無處可去的靈魂喜歡在水邊遊盪，可以說，水是離陰間最近的場所。靠近的時候小心點，免得被抓交替。」

「所以現在到底要幹麼？」

「得找到河神，問祂屍體在哪裡。」

山貓接著說，每條河都有河神，雖說是神，但其實也是溺死鬼升格而成的。基本上大部分的河都死過人，不管是意外還是自殺，總之在河裡死去的人多得不計其數，祂們的靈魂往往滯留在原地不曾離開。

有人的地方就有紛爭，有鬼的地方也一樣，這時就需要一名管理者，處理眾鬼的大小事，也就是「河神」。沒人知道河神到底是怎麼選出來的，是看生前的功德還是投票表決，總之，每條河一定有位河神，知道所有河裡發生的事。

「只是我們不能空著手，得準備些供品，東樺，你去買些水果來。」

「給河神的供品不應該是水產？」

「你幾百年來天天待在水裡吃魚，現在好不容易有人來供奉，結果又送你魚，你會不會生氣？」

於是我照山貓的吩咐，去附近的水果行買了些蘋果、木瓜和楊桃。因為不知道河神喜歡什麼，所以乾脆全都買自己愛吃的，這樣才不會浪費。

我把整袋水果遞給山貓。「要擺祭壇了沒？」

「不用擺祭壇，直接拿去給祂就行了。」

山貓看向前方不遠處，在重重鬼影中，有個身影獨自坐在柳樹下，身邊沒有任何人。是的，連人都沒有。明明人類應該看不見祂，可卻像是被無形的屏障擋住一般，沒有人靠近。

祂穿著明顯不是這個時代的衣服，青色的長袍覆蓋住身體，一頭白色長髮披肩，垂著雙眼，不知是睡著了還是在沉思。距離有點遠，看不出性別，感覺應該是個男的，但比較像偶像劇裡才會出現的長相。

「祂就是河神？」

山貓點頭。「很漂亮吧！」

「祂是原本就長這樣，還是當河神之後才變成這樣？」

「當然是成為河神後囉，河神的樣貌會跟河本身互相輝映，這條河被保養得很好，才可以這麼漂亮。要是那種跟水溝沒兩樣的河，河神就會穿得像乞丐、長得像妖怪。」

「哈哈，還滿好玩的嘛。」

要是讓河神來當環保教育的題材應該不錯，看來鬼魂的世界比我想得更平易近人。

「無可奉告。」

「拜託您河神大人，不找到屍體的話，那隻鬼會一直留在我家，我不想跟祂當室友，但也不想搬走！找不到比那邊租金更便宜的地方了啦！」

「無可奉告。」

「為什麼！」

不管我拜託了多少次，美麗的河神還是只會說這句，都快以為祂是跳針還怎樣。祂依舊閉著眼，維持同樣的姿勢坐著，連頭都懶得抬，強硬的態度跟外貌成反比。

收回前言，平易近人個頭。

「喂，你不是說只要有供品就可以了嗎？」我把山貓拉過來說悄悄話。
「可能是你買的東西河神不喜歡。」
「我哪知道祂喜歡什麼！」
「不然你把衣服脫了，去色誘祂。」
「操！」
我踩了山貓一腳，他也不甘示弱用手肘撞我，我也撞回去，最後乾脆直接打起來。
「肅靜！」
忽然聽見一聲怒吼，我整個人挫起來，丟下扭打到一半的山貓回頭，竟是河神用血紅的雙眼瞪著我們。
「河神大人，不好意思，我朋友有點白目，不是故意在你家旁邊打架的啦啊哈哈哈。」
我連忙陪笑，把山貓也抓來，按著他的頭一起鞠躬。
河神沉默半晌，重重嘆了口氣，神的情緒真是難以捉摸。我心中莫名升起一股怒火，這傢伙在搞什麼？從頭到尾就只會一句無可奉告，多說兩個字會死啊，神明不是應該要幫助蒼生嗎！怎麼還擺架子啊！
我的情緒眼看就要爆發，忽然河神伸出手，從祂的指尖伸出一絲冰涼的東西纏上我的身體。

「唔！」

是凝聚成細絲一般的水！我完全無法動彈，就像是被鐵鍊捆死一樣。

祂居然攻擊我？

「東樺，冷靜。」

大概是察覺到我握緊的拳頭，山貓將我肩膀按住，輕聲說：「祂不願意跟你說話，是因為你不夠虔誠。」

虔誠？

我的表情肯定很錯愕，的確我剛跟祂說話的時候，都在不耐煩地腹誹。但是，祂怎麼會知道我心裡想什麼——正要問出口，我就馬上懂了。

祂、可、是、神。

我這才認清眼前的確是跟人類完全不同的存在。

有事拜託神明相助的時候，該怎麼做？答案再簡單不過。

於是我放鬆身體，將那些失禮的念頭收起來，頓時感覺到束縛減輕了。

「稟告河神大人……」我緩緩開口：「小的名叫秦東樺，八十六年六月十三日生，生肖屬牛，虛歲二十六……方才是小的愚痴，對您說了不敬的話，我已知錯不會再犯，請您原諒……」

河神收起手，細絲瞬間離開我的身體，我立刻雙膝跪地、雙手合十。祂站了起來，走到我面前，似乎正緩緩打量我，冰冷的注視讓人喘不過氣。

我以為河神還在生氣，沒想到祂居然開口了。

「屍體在下游，大石頭後面的樹下，用黑色行李箱裝著。但那裡有不潔之物鎮守，貿然靠近可能會引來殺身之禍。」

我猛地抬頭，發現河神正微笑著，語氣溫和，表情卻有種準備看好戲的感覺。

「你的意志堅定，想必不會因此卻步，就讓我看看你的覺悟吧。」

說罷，河神拔下祂的一根頭髮，纏在我的尾指上。「走投無路的時候，就把這根頭髮拆下來。」

「這是……」

「你走吧，天要黑了。」

河神放開我的手，輕輕轉身，像一縷清煙消失不見，留下我目瞪口呆站在原地。

「竟然能讓河神開金口，真有你的，東樺！」

山貓在旁邊拍手。「既然都知道屍體在哪了，我們就快走吧！」

「喂，你剛剛在幹麼？」

我忽然想起，山貓好像從頭到尾都沒有對河神擺出應有的態度。

「我在看你啊！」

「站著看？」

「嗯。」

「沒禮貌的傢伙，絕對沒有神明會保佑你。」

我故意逗他，沒想到山貓聞言久久沒有回應，半天才說：「我本來就是不受神庇佑的人。」

這句話輕描淡寫地從他嘴裡溜出來，我分不清是認真還是玩笑。

06

離開河邊，我才後知後覺地感到害怕，背後整個被冷汗浸溼。

這一連串的經歷，已經超越了我對世界的認知，看到一隻鬼，跟看到一大群鬼的感覺，反而後者沒有那麼恐怖。或許是因為衝擊太大，恐懼的神經麻痺了，又或許是因為知道祂們不抱惡意。

鬼終究也是人變成的，跟人長得一樣，只要沒缺胳膊少腿，都不至於太驚悚。

現在比起這個，我更在意的是屍體到底在哪裡？

下游非常偏僻，而且並沒有準確的區分，樹跟大石頭到處都是，要怎麼在這裡面找到正確的地點？河神既然要幫我就幫到底嘛，怎麼偏偏說得這麼籠統，想到這我就煩躁。

開著車一路往下，我又擔心會不會其實早就錯過了，可又覺得難道要一棵棵樹去找？這完全不科學。

比起我的緊張，山貓則滑手機滑得入迷。他說他沒用過智慧型手機，要我教他，我稍微提點一下，他很快就熟練了，還拉著我硬拍了一堆照片。現在他玩夠了，正專心地看著河邊的衛星地圖，感嘆著時代進步得真快。

「喂，東樺，會不會是這裡？」

他冷不防把螢幕貼到我眼前，我連忙靠邊停車。「幹麼！」

「你看看，屍體有可能在這裡啊！」

山貓指著地圖上一間店的名字，我一看，夏遊，距離這裡不到五百公尺。

「嗯？夏遊？下游？這是什麼諧音冷笑話嗎？你的意思是，河神說屍體被丟在這間叫『夏遊』的店旁邊，不是指河的下游！」

「去看看不就知道了？」

「棄屍絕對就是丟進河裡，不可能故意放在店面旁邊，那只會增加暴露的風險，任何一個有腦子的人都不會做這種事。」

「看一眼又不會少塊肉，要是真的在那怎麼辦？」

「真的在那我頭給你。」

我掙扎幾秒，還是不甘願地把車往「夏遊」的方向開去。

到了目的地，我開始覺得山貓說得對。

面前的店面突兀地佇立在幾幢平房之間，上面掛著的「夏遊」看板已經半毀，布滿斑斑鏽跡。拉下的鐵門上貼著小張字條，寫著內部整修，暫停營業，開放時間未定。

我們繞到店面後方，真的有許多樹跟大石頭，還堆滿垃圾跟雜物，看樣子是被屋主當成露天倉庫使用。

真是完美的棄屍地點。我不由得佩服起來，丟進河裡可能會被釣客發現，或者漂流到出海口被打撈，這裡則完全杜絕了風險。而且，這附近完全沒有監視器或派出所，早已蕭條半荒廢的商業街，又有誰會想到竟然會出現屍體呢。

稍微搜尋了下，很快便發現一顆石頭上，寫著「時辰已到」。

「不會吧，連這裡都有……？」

我戰戰兢兢地靠近，巨石後方的土壤有被挖掘過的痕跡。

就是這裡。

「東樺，你頭可以給我了嗎？」

山貓在一旁大笑起來，但我沒心情回嗆。

祂就在這裡。

如果祂不是死在我家，恐怕等到變成白骨都不會有人發現。世上少了一個小偷，又會有多少人在乎呢？

「這裡有鏟子耶！」

山貓不知從哪裡拿來兩把大鏟子，興匆匆跑來，我忽然想到，凶手該不會就是用這個把人埋進去的吧！

我都還沒動手，山貓就直接開挖，或許因為昨天才鬆過土，所以他挖起來很輕鬆。一切順利得有點詭異，總覺得好像忘了什麼重要的事，我雙手抱著胸，思索河神說過的話。

祂說過這裡有不祥之物鎮守……搭配那血紅色的「時辰已到」，這裡也被標記了啊！

嘰咿咿咿咿咿——

地面忽然傳來疑似金屬摩擦的刺耳聲音，我捂住雙耳四處張望，發現自己周邊不知何時出現了許多腳印。那些腳印密密麻麻圍著我和山貓，就像有好多看不見的人在我們身旁繞著圈子一樣。

「東樺，後面！」

山貓大吼一聲，我還來不及轉頭，後頸就被什麼東西用力敲了一下，失去意識。

07

我睜開眼睛，發現自己漂浮在漆黑的水裡，第一反應是無法呼吸，然而不管怎麼掙扎，我的身體都只是不斷下沉。

前方出現了一個高大的影子。

「離開……這裡……」

模糊卻巨大的聲音灌進耳朵，我動彈不得。

那並不是人類。

我瞬間就意識到這點，因為那身影雖然有著人的形狀，身高卻足足有兩公尺以上，細長的手腳揮舞著，就像是漂浮在海中的水母。

這傢伙也是濳嗎？

思緒無比紊亂，我現在就像是被蛇盯上的青蛙，源自於生物本能的恐懼，加上無法呼吸，各方面都已經到了極限。

我奮力抬起手，想回到岸上，忽然指尖有道銀白的亮光閃過，是我小指上的頭髮。

對了，這是河神給我的……祂說如果覺得快要死了，就把頭髮拆下來，那麼就是現在！

黑影逐漸靠近，我用僅存的力氣，抓住漂浮的髮絲用力一扯。

剎那間，周圍的水冒出大量氣泡，我感到一陣灼熱，那根頭髮伴隨氣泡化為人形，正是河神！祂回頭，意味深長地對我笑了下，隨後舉起雙手，以飛快的速度結了複雜的手印，用力往前一伸。

「不屬於人世的汙穢，回歸塵土吧！」

河神的嗓音在水中迴盪，溫暖的金光從他掌心射出，正中那黑影的胸口，將其貫穿一個大洞。

「嘶啊啊啊啊——」

黑影發出非人的嘶吼聲消失在水裡，我的視野漸漸暗下去。

「……樺……東樺！」

誰在叫我？

「秦東樺，快醒醒啊！」

啪！

臉頰被人甩了一巴掌，我猛地睜開眼睛，發現自己躺在地上，山貓在一旁憂心忡忡地看著我。

「我剛才……咳！咳！」

我咳了幾聲，滿嘴都是水，發覺身體好像變重了，全身包括頭髮都是溼透的，就像是剛從海裡被撈起來。弔詭的是，這裡半滴水都沒有，顯然剛才那並非我的幻覺，而是「事實」。

「你被聻襲擊了，對不起，是我的疏忽。」

山貓似乎鬆了口氣，我看見那顆有塗鴉的石頭，竟然從中間裂成兩半，簡直就像是被雷劈過。

「為什麼潭會在這裡……」

「是標記。」山貓斬釘截鐵地說：「潭也跟大多數的鬼一樣，會被這東西吸引。」

「跟大樓裡的是同一個嗎？」

「不對，是完全不同的個體。」山貓咬著手指，似乎很苦惱。「可是為什麼？數百年都難得誕生一次的潭，怎麼可能大量出現在城市，最近太歲又出土了嗎？」

「什麼太歲出土我是不懂啦，不過到底是先有標記，還是先有潭？」

「當然是先有標記。」山貓靠在石頭上，似乎完全不忌諱。「這就是為什麼從被標記到發生事故會有時間差。」

「但我幾乎是看到的當天就出事了欸，這不合理吧！」

「可能是你前陣子才遇過潭，身上沾著陰氣吧，跟那種東西扯上關係，沒衰個一年半載才叫不合理。」

「我操。」

我本想狠狠踹這石頭一腳，最後還是忍住。

到底是誰做出這種事？為什麼要用標記把汙穢吸引過來？搞了半天，調查一點兒進展也沒有。

「東樺，還是快點把屍體挖出來吧。剛才河神救了你一命，但潭是不會死的，不久就會復活，得在這之前把事情結束。」

山貓把鏟子丟給我，我點點頭，開始挖土。果真如河神所說，開挖不久便出現黑色的行李箱，兩人合力把它拉出來，打開拉鍊，裡面躺著一名瘦弱的少年。

第一次見到屍體，我卻沒有太大的震撼，比起恐怖，更多感覺到的反而是悲哀。

少年看上去不過十四、五歲，穿著黑色的衣褲，脖子上有掌痕，手腳也有很多細小的傷口，估計是被徒手掐死的。

「這麼年輕就當小偷啊。」山貓淡淡地說，聽不出是同情還是嘲諷。

我一直避免去細看他的臉，可還是不小心瞄到了。

果然。

其實看見這身形的時候，我就有這樣的預感。

「我好像……認識他。」

我顫抖著開口。

其實說認識也不對，因為我根本不知道他叫什麼名字，只知道他是附近國中的學生，跟同學經常蹺課在公園抽菸、打混，當然也幹些偷搶拐騙之類的勾當。他明顯是團體中地位最低的那個，說不定是非自願地被指使，總是低聲下氣、幫其他人跑腿打雜。

這樣的學生在社區裡很多，早已不是新鮮事，我也將他們的存在視為理所當然，就跟大多數人一樣。

有一次，只有一次。

大概是上個月，我半夜出門買宵夜，在便利商店裡看見他，他穿著像現在這樣的衣服，排在我後面結帳。

那天我找零錢花了比較多時間，忽然聽見身後傳來細小的催促。「不好意思，可不可以請你快一點……」

我回頭，這才發現他抱著很多東西，有零食、菸、保險套和色情雜誌，低著頭唯唯諾諾，生怕被人看見似的。

「很急嗎？那你先好了。」

我不以為意地讓他，少年把東西放在櫃檯上，匆匆結完帳，臨走前還望了我一眼，眼眶有點紅，臉頰也有被毆打的痕跡，但只有一瞬間，他就轉身跑開了。

那是我跟他最初也是最後的交談。

他想對我說什麼？是在向我求救嗎？我不禁懊悔起來，當時的我，竟然沒有半點追上去的念頭。

如果我多問一句「你還好嗎」，這一切是否就會不一樣？

我們把行李箱扛上車，一路載回家。在我房間裡，山貓再度喚出傷魂鳥，祂看見自己的屍體，哀哀哭泣著，繞著行李箱飛。漸漸地，祂化為人形，變成那個低著頭、不敢正眼看人的少年。

祂脖子的傷痕怵目驚心，難以想像死亡的當下有多痛苦。

我想像出一個畫面。

一夥人到陌生人家裡偷東西，他是想自首？或是想逃跑？然後，那名身高、力氣都比他大得多的同學，氣憤地勒住他的脖子。不准逃，你要是敢說出去就死定了，絕對不准逃——

「你想找到凶手嗎？」山貓的聲音把我拉回現實，他是在問少年。

出乎意料，祂搖了搖頭，用手在空氣中寫了「110」。

「殺了你的人是你同學吧？你們都還未成年，就算報警，他們也不會受到太嚴厲的懲罰……你不打算親自去復仇嗎？」

我忍不住問，但祂還是搖頭，眼神中看不出怨恨，只有無盡的悲傷。

「對不起，那天我沒有救你。你要對我怎麼樣都行，一輩子留在我家纏著我……也沒關係。」

這些話不受控制地從嘴裡跑出來。

少年苦笑了下，指著行李箱，用嘴形說著什麼。我不解，但山貓好像聽懂了，笑著說：「了解，馬上就辦。」

然後，少年閉上眼，似乎心滿意足地消散了。

「祂剛才說什麼？」

「祂說希望我們把行李箱原封不動埋回去。」

「等一下，這、這也太……」

「接下來就是我的工作了，你不用管，今晚好好睡覺吧！」

山貓說得輕盈，我整個人還沉浸在那股哀傷中，睡得著才有鬼啊！我說既然如此那我也要跟去，山貓卻百般阻止，硬是搶過我的車鑰匙，載著行李箱出門。

當天我果然徹夜未眠，直到翌日早晨，山貓才慢悠悠地回來，還帶著汽水跟蛋糕。

「處理完了？」我瞪著乾澀的眼睛問。

「嗯！」

山貓點頭，很自然地就往我沙發上躺，邊吃蛋糕邊看起新聞。

這和平的光景是怎麼回事……

「你為什麼那麼自然地躺在那裡？」

「嗯？」

「『嗯？』你個頭！你該不會真的打算住下來吧！」我開始慌了。「你自己沒家嗎？」

「我家被拆啦！」山貓皺眉。「好歹我也免費救了你兩次，讓我住幾天不過分吧！而且你那什麼專欄，不是也需要我的協助嗎？」

無法反駁！

「唉，表情別那麼可怕，我開玩笑的，會付租金啦！以後我們就是室友了唷！」

「等等，我根本沒答應！不是房租的問題！」

「啊！出來了。」

「什麼東西出來了？」

「新聞啊！」

山貓指著螢幕下方的跑馬燈，寫著附近那所國中有個學生跳樓自殺了，雖然沒死但重傷昏迷，他的遺書中寫道，自己害死了一個人，詳細原因警方正積極調查中……

我腦海頓時一片空白。

「東樺，活得開心的祕訣就是，不要干涉死者的決定。」

山貓嘴裡塞滿蛋糕，卻一本正經對我說教，我莫名有點鼻酸，視線氤氳起來。

幕間：【問卦】有沒有人知道不道堂是啥

作者：乂煞氣ㄟ阿明乂　看板：奇人軼事
時間：2008/03/16
內文：
安安！第一次發文請多多死掉。
小弟我之前聽阿公說，以前臺北除了四大黑幫之外還有一個不道堂，他們到底是幹麼的啊？跟竹○幫、○海幫比起來好像沒那麼有名，上網查也就只有一些打架鬥毆的新聞，所以他們是真的黑道嗎？還是只是普通的小混混團體？真的很好奇啦～有沒有大大可以幫小弟解答一下？感恩～

作者：玫瑰花的葬禮　看板：奇人軼事
時間：2010/12/02
內文：
無意間找到你這篇，時間有點久了，但我剛好很閒就來講一下。
不道堂是不是黑幫這個我不清楚，但我可以確定，他們絕對不是小混混，甚至比黑幫還要可怕。別誤會，我並不是相關人士，也完全不曉得內情，只是偶然有過一次奇妙的經驗。

講出來可能沒人會信，但這件事已經藏在我心裡很多年了，如果不嫌棄的話，就當故事隨便看看吧！

我小學的時候，住在臺北某市場裡（具體地點恕無法告知），那邊的路非常錯綜複雜，就連我們這種從小在裡面長大的小孩．偶爾都還會迷路。大人都叫我們天黑以後不可以亂跑，很容易「不見」。我覺得很奇怪，再怎麼跑都在市場裡，來來去去也都很容易碰到認識的人，哪有可能「不見」？

但是，有段時間，市場裡真的常常有小孩失蹤。

那時候人口販賣猖獗，市場裡面每天來來去去的人多，也沒監視器（即使有，在路線這麼複雜的地方也很容易能躲過），小孩一個不小心跟大人走散，就被帶走了。

「市場裡的鬼差，會抓人，我看過。」

我的叔叔總是這樣說，幾乎所有市場的小孩都聽他講過這個故事：我們這個市場，其實是陰間跟陽間交錯的地帶，所以晚上會有鬼差拿著令牌跟鐵鍊出來巡邏，看到晚上不回家的小孩，就會把他們帶走。

在叔叔口中，鬼差穿著白色的長衫，沒有臉、頭髮很長，總是兩兩一組行動，但有時也會落單。祂們因為當鬼的時間太久，早已忘記「人話」怎麼講，只會講「鬼話」，所以無法與祂們溝通。

「被帶走會怎樣？」我朋友阿發不信邪地問。

「就只能從此留在陰間，你就再也見不到爸爸媽媽、吃不到喜歡的零食、看不到卡通，只能每年普渡的時候，跟一群好兄弟搶供品！」

叔叔的玩笑話，真的把我們這群小孩嚇壞了。

當然，鐵齒的人也是有，就像阿發這樣，他還是不以為意。某個農曆七月的晚上，我們一起在他家開的麵店寫功課，他忽然神神祕祕地對我說：「我們今天去找鬼差！」

「什麼？」

「你叔叔不是說，晚上會有鬼差來抓人？要是能親眼看到鬼差，不是很酷嗎？不用擔心，我有準備這個！」

阿發從口袋裡拿出一疊冥紙。「我哥說，這就叫買路財，碰到鬼差就把紙錢灑出去！」

我一點兒都不想參與這麼危險的遊戲，可他還是逼著我去。於是當天晚上，我們趁著父母都睡著後，從後門偷溜出來，大剌剌在黑暗的窄巷中漫步。

童年的夜晚是真的黑，市場裡沒有路燈，只有一些住戶的遮雨棚上會掛著小小的燈泡，三三兩兩、幫助不大的光源，外露的管線跟垃圾之間，常可以看到野貓的綠眼睛。

阿發帶著手電筒打頭陣，我則縮在他後面，他堅持要把市場繞一圈才回去，但才出發兩分鐘我就受不了了。可我也沒有手電筒，根本不可能自己跑回家，只能認命。

一路上我幾乎都閉著眼睛，緊緊揪著阿發的衣服，不時問「現在到哪了」、「什麼時候回家」，但經過某個轉角，阿發卻忽然不回答我了。

「欸，你在幹麼？怎麼了！」

我睜開眼，用力搖晃阿發的肩膀，才發現阿發臉色慘白，指著前方。「啊……」

有人在那裡。

我首先看到的是一個高大的人形物體，全身蓋著破破爛爛的白布，粗重的鐵鍊纏繞全身，就像是可憐的囚犯。而鐵鍊另一端，則由一名奇異的男子握著，他身穿黑西裝、黑襯衫，明明是半夜卻戴著墨鏡，面無表情。

我連尖叫都忘記，可能還停止呼吸好幾秒，因為後面那個「囚犯」的白布下面，居然空空如也！

祂沒有腳。

我跟阿發跌坐在地，墨鏡男朝我們走來，彎下腰。「誰帶你們來的？」

「我、我們是自己來的！」阿發居然還回答了。

墨鏡男愣了愣。「不可能……難道……」

他回頭看了身後被白布覆蓋的人形一眼。「是你！」

白布輕輕搖晃了下，我們都聽見了從裡面傳來沙啞的笑聲。

「不道堂……的……走狗，你……不得……好死……」

沙啞的聲音從白布底下傳來，鐵鍊竟像是被解體一樣變成碎片掉落，墨鏡男當場鬆開手，一把撈起我跟阿發狂奔！阿發的手電筒掉了，白色影子緊追在後，祂從白布下伸出枯乾的雙手，還擦到了阿發的小腿。

「啊！」

阿發慘叫一聲，手中的冥紙四散，白色的身影立即停下來，蹲在地上貪婪地撿拾。

墨鏡男似乎對市場的路很熟，帶著我們迅速就鑽進防火巷中，他指指後方有堵矮牆，牆外面可以看到夜空。「從那裡翻出去，祂就找不到你們了。」

「大哥哥，你是誰啊？剛才那個是什麼？」阿發邊發抖邊問。

墨鏡男微笑。「你們只是做了一場惡夢，夢中出現的事物都是沒有意義的，不要去思考，不要去追究。」

「可是——」

「小朋友，現在該是睡覺時間了。」

墨鏡男的聲音很溫柔，但我們都不由得打了個寒顫。

於是，我們便照他說的翻過矮牆，在我雙腳落地的瞬間，意識消失了。等我醒來就發現自己是在家中的床上，阿發也是同樣的情形，不過，他被碰過的地方留下了胎記般的烙印。

我們都不記得自己那天到底是怎麼回家的，但對那個白布鬼說的話，倒是印象深刻。

不道堂的走狗，你不得好死。

這，就是我對「不道堂」最初，也是全部的回憶。

我再也不敢半夜逛大街，當然也沒有再遇過墨鏡男，至於阿發不久之後，就因為車禍意外過世了，我至今不曉得是否跟這次的事件有關。

我早已搬離那裡，但市場還在，聽說路又變得更複雜了。我在此強烈建議各位朋友，不要半夜出入市場，即使不得不去，身上也不要帶著冥紙，或任何另一個世界的朋友感興趣的東西。

因為，祂們絕不會輕易放過你。

（本文發表於網路論壇，引起不少迴響，網友紛紛猜測文中的市場具體是何處，但一週後文章就被板主刪除，原ＰＯ的帳號也隨即遭到停用，此後再無相關討論，原因不明。）

第二站：不存在的街道

01

睜開眼，我發現自己睡在客廳的地板上，時間是下午五點。

看完新聞後，我花了很多時間把門上的標記刷洗乾淨，免得看了穢氣，結果搞到連飯都沒吃。我努力回想自己怎麼睡著的，完全沒印象，可能是這兩天受到太多刺激加上極度疲勞，記憶整個斷片。

全身僵硬，我艱難地站起來，想喝幾口水，卻發現房間的燈亮著。我的神經瞬間緊繃，緩緩走近，聽見裡面似乎有翻書的聲音。

「是誰！」

我猛地踹開門，然後聽見「哇」的一聲驚叫，渾身黑衣、戴著墨鏡的男子跌坐在地，腳邊散落著書本。

「你還在啊！」

我差點給山貓跪了，敢情他說要住在我家是認真的！

「對不起，我太無聊，就擅自拿你的書起來看了。」

山貓有點狼狽地推推墨鏡，幫我把書收好，又問了句。「你這裡好多靈異的書唷，東樺，你也懂行嗎？」

「我要是懂的話還要你幫啊，那都是小說的參考資料。」

「光參考資料就這麼多，還以為你要寫論文呢！」

「這算啥，我學長的書更多，他甚至都沒寫小說，純粹只是興趣，根本超猛。」

說到這，我想起那天提到不道堂，學長的詭異表現，便問山貓。「你專門做這行，懂得肯定比我多吧？」

「或許喔！」

「那你有沒有聽過『不道堂』？」

山貓停下動作，整個人震了一下。「你、你知道那是什麼地方嗎？」

「就是不知道才問你啊！」我湊了過去。「那裡到底有什麼特別的，幹麼反應都這麼大。」

「沒什麼特別，只是……」

「只是什麼，說啊？」

我伸手擋住書櫃，擺出小混混對普通學生勒索的表情，山貓縮著肩膀欲言又止，正要開口，好死不死門鈴響了。

嘟鈴鈴鈴——

老住宅的缺點就是，門鈴聲異常地大，住好幾年都還是會被嚇到。

「來了！不要按了！」

我沒好氣地去開門，來者竟然是池上！

「東樺，原來你還活著啊！等半天你沒出來，我還以為你怎麼了。」

「什麼東西？」

「我早上不是說，要跟你討論一下進度嗎？」池上一臉莫名。

我狐疑地掏出手機，發現她真的有傳訊息給我，而且我還有答應。

這該死的記性啊……

我嘆了口氣，丟了雙拖鞋給池上，她也不是第一次來我家，毫不客氣地踩進屋。我跟她讀同所大學，以前也共同修過幾門課，與其說是作者與編輯的關係，更像是損友。

池上坐下後也沒急著聊工作，而是先報告了一個好消息。我上個月寫的專欄在網路上掀起一波小小的熱度，好像是被某個研究超自然領域的網友轉載到他的粉絲頁，然後就紅了。

這件事我知道，文章剛被轉載時我就發現了，只是當時底下討論只有少數幾則留言，沒想到過了幾天，人數竟然呈等比級數成長。

「很多網友敲碗等下集唷。」

「哇喔~東樺真厲害！」

山貓的腦袋忽然從沙發後面冒出來，池上轉頭看見他，當場驚叫。「你是誰！」

「咳，我朋友。」

我邊說邊用眼神示意山貓離池上遠點，他悻悻地站起來，看了看池上又看看我，問：「女朋友？」

我跟池上幾乎異口同聲答：「冤家還差不多！」

我想把山貓趕走，可他死活不出門，跟我盧半天，硬是要留下來聽我們談話。我不是對他有意見，只是不喜歡談正事還有個外人在旁邊，所以口氣比較嚴厲，沒想到山貓急了，用力跺腳。「你如果不讓我聽，我就——」

「你就怎樣？打我嗎？你打得過我嗎？」我揚起下巴，露出鄙視的眼神。

「我就躺在地上打滾，哭給你看！」

「啥？你不要喔，不准喔，我警告你，你要是做出那種蠢到不行的動作我就把你趕出去睡馬路！」

咚！山貓單膝跪下，雙手撐地，表情非常認真，隨時準備好開始打滾。

「起來！」

「不要！」

「……」

雙方僵持數秒，終於，看不下去的池上過來拍拍我的肩膀。「你就讓他聽嘛，沒關係啊。」

「怎麼——」

「真的嗎？太感謝妳了！」

獲得許可的山貓跳起來，露出閃死人不償命的微笑。「我幫妳泡杯咖啡吧？」

「喔……謝謝。」

池上姑且點頭，見山貓踏著小跳步進廚房，小聲問：「那個人怎麼在家裡也戴墨鏡啊？」

「他腦筋有問題。」

「你老實說，他是不是你包養的小白臉？」

「三小？」

「沒關係，我口風很緊的，能不能跟我說說你們是怎麼回事？」

「大姊，請收斂一下妳旺盛的想像力。」

我實在懶得解釋，可想想等會兒討論調查經過時也難免會提到山貓，便要她坐下來慢慢聽我講。期間，山貓送來咖啡，就乖乖地坐在角落聽，完全沒出聲。經過說明，池上總算搞懂我跟山貓的關係，還有事情始末，我也說了山貓就是那天在大樓裡救我一命的人。

「原來你就是傳說中的山貓呀，真是謝謝你救了我們家東樺～」

「不用謝，身為除靈師，這是我應盡的職責。」

山貓坐在矮凳上，蹺著腿啜飲咖啡，腰桿挺得筆直，簡直就像是哪來的明星，一點兒也看不出幾分鐘前還在那邊一哭二鬧三上吊。

池上感慨地說：「這麼善良的年輕人不多了，東樺，你要好好珍惜這段姻……我是說緣分！」

「妳是不是差點講出了什麼不得了的口誤？」

「哈哈哈哈我們總結一下吧！」

池上不理會我，又切換回工作模式，說目前的調查只有三個重點：標記不是人寫的、鬼和聻都會受到標記的吸引，進而帶給人類厄運；身上沾染陰氣的人，較容易被襲擊。

誰都看得出來，這稱不上是實質進展，照這樣下去，要在截稿前寫出完整的文章是不可能的。池上於是說出意想不到的提議。「我想啊，先把這放一邊，調查另一個傳說怎麼樣？」

「喂，這不是更忙了嗎！」

「那你有稿子可以應付這個月的專欄嗎？你說的那個，國中生被害的事件可不能寫喔，一寫出來就會暴露你是當事人，你也不想因為這樣出名吧。」

「不用妳說我也知道。」

我不敢說我真的有一瞬間考慮過寫這個，誰教真的沒別的題材。我問池上有沒有單純點的傳說，她拿出平板，從堆積如山的資料裡面挑了幾個給我，說大發慈悲讓我自己選。

我冷笑幾聲，隨意掃過標題，很快被其中一個吸引了注意。「不存在的街道……」

「識貨喔！」

池上對我比大拇指，逕自說明起來。

這個傳說相當冷門，幾乎是這幾個月才流行起來的，而且主要是小學生口耳相傳，所以並未在網路上過度曝光。

起因是學校作業，老師要小學生學習看衛星地圖，在上面找到自己的家，還要標註附近有趣的景點之類的。有個小孩發現，衛星拍到了幾間小房子，現實中並不存在。這其實沒什麼，地圖不見得每天更新，但都市的工程卻從未停過，房子增加或減少，都是很正常的。

然而，怪異的事情發生了。

幾個小孩很好奇，決定去地圖上的房子位置一探究竟，發現是被磚頭封住的死巷。太陽下山之後，他們不死心又去了一次，卻發現磚頭消失了，變成可以通行的街道，上面還掛著無數盞白燈籠。

小孩們興奮地闖進去，再出來已是三天後。

他們的衣服、頭髮都很乾淨，也不像是有挨餓的樣子，但只要問起這幾天的經歷，所有人都說不記得。

瀾。

就這樣，這個類似「被魔神仔牽走」的恐怖故事，小小地在校園中激起一陣波

那為什麼沒有更多人知道？因為之後想嘗試的人們，不管什麼時間去都沒碰到磚牆消失。也有較大的孩子直接翻牆過去，但那後面就只是一小片被鐵皮圍牆圍起來的荒地而已，根本不存在什麼街道。事情久了，也就自然被眾人遺忘，大概就只有池上這樣好事的人才會刻意提起吧。

「我看過了，他們進去的那天剛好是農曆初一，沒有月亮。」池上得意地發表高見。「說不定，就只有在陰氣最重的那一個晚上，神祕的通道才會打開。」

我轉頭看了下牆上的月曆，初一就在下週。

「不存在的街道啊，感覺很有意思，我也想去看看。」

山貓的語氣聽不出半點官腔，絕對是真的要跟來。池上一口答應，說說有他這個除靈師在身邊就安心多了，可我總覺得還不能太信任他。然而不管我怎麼說，池上都不會改變心意，把重責大任託付給我們，開心地告辭。

一星期後，農曆初一的早晨，我起床時看見收件匣裡躺著一封池上發來的簡訊。

『老師，我好像快死了。』

02

簡訊發來的時間是兩小時前，撥電話回去，果然沒接。雖然想著會不會又是池上的惡作劇，可聯絡不上人就有點奇怪，打去出版社問，他們說池上沒來上班。

我心急如焚，忽然接到一通來電，是個陌生男人的聲音。

『喂，請問是秦東樺先生嗎？』

我應答後，男人以不帶感情的語氣說，他是某某派出所的警察，想請教我一些關於池上的事情。

我在樓下的公園與那名警察見了面，他沒有多留的意思，連坐下都不肯。也不等我問問題，劈頭就說，池上昨晚出了車禍，昏迷不醒。她沒有喝酒，也不是與人擦撞，是自己把車開去撞電線杆。奇怪的是，明明腦部沒有受損，身體也只有輕微擦傷，卻始終沒有醒過來的跡象。

每個字我都聽得懂，湊在一起卻聽起來異常不真實。

「她最後一個聯絡的人是你。」

警察說，但我依然不解，這起事件跟我有什麼關係？

「她是第三個。」彷彿看穿我的疑問，警察補充道：「這五天以來，包含她在內已經有三個人，發生一模一樣的事故。」

「你是說……車禍？」

「沒有加害人的事故，也只受了輕傷，卻陷入昏迷無法清醒。」警察說：「你知道他們的共通點是什麼嗎？」

我搖頭。

「就是這個。」

警察拿出手機，從裡面找到一張應該是監視器畫面的照片給我看。

照片中是車禍現場，一輛白色機車橫臥在電線杆旁，撞得稀爛。池上手臂流血如柱，趴在地上。在她旁邊，有個突兀的紅色物體，看清那是什麼的瞬間，我的手沁出冷汗。

那是絕對不可能、也不應該出現的，惡夢般的回憶。

陳舊的紅色高跟鞋。

在一片凌亂的現場中，只有那雙高跟鞋像是被優雅整齊地擺在一旁，彷彿正欣賞著眼前的畫面。

祂怎麼會出現在這裡，祂應該不能離開那裡才對啊……

「監視器拍到，她倒地的下個瞬間高跟鞋突然出現，原本那裡什麼都沒有，前兩個傷者的現場也一樣。我們到場後，沒有找到高跟鞋，也沒有目擊者。」

警察說他一直對這個現象很介意，知道池上是《新世界》的編輯後，在雜誌裡看見我的專欄，因為上個月正好提到紅色高跟鞋，他才認為我應該會知道些什麼。

我以為現今都講究科學辦案，可聽說有些人仍很迷信，應該說，當遇上一切科學理論都解釋不了的情況時，就只好去求助玄學了。

「但我知道的也不多，差不多就像裡面寫的那樣了，而且這些事太詭異，也沒人會相信吧。」

「我會自己判斷。」

警察依舊看不出情緒，我幾番斟酌後決定告訴他實情，我也想救池上。大概是沒料到我竟然說出「鬼也會死掉」這種天方夜譚，他皺起眉頭，不是很願意接受的樣子，最後還是禮貌地跟我道謝，並說有機會再聯絡。

回到家，山貓已經醒了，正在吃我買的冷凍義大利麵，身旁還放著汽水。仔細一看，他身上穿的竟然是我的T恤，我一把火就上來了。「你自己沒衣服嗎？」

「有啊，只是拿去洗了。」

山貓指著廚房。「你吃飯了沒？我有幫你熱了一份，在微波爐裡面。」

我沒說話。

「東樺，你心情不好？」

「池上被𩕳襲擊了，還沒醒過來。」

我用力往茶几上搥了一拳，疼痛讓我稍微清醒了點，我問：「為什麼那傢伙可以出來？你不是說𩕳只能待在祂死去的地方嗎！」

「照理說，是這樣沒錯，但凡事都有例外。」

山貓放下碗筷，嘆了口氣。「打從一開始，困住那隻擹的結界就不是土地，而是建築物本身。」

聽見這句話，我腦子「嗡」地一下，一片空白。

我懂了。

大樓被拆，相當於束縛住擹的結界已經破了、不存在了，祂當然可以自由活動。被囚禁數十年，現在的祂就像是出柙猛獸那樣，飢渴地吸取活人的精氣，無法阻擋。

我望著山貓那張漠然的臉。「你……早就知道了嗎？」

「對。」

「你這什麼反應啊！已經有三個人遭殃了，祂現在就是個不定時炸彈！」我不自覺越說越激動。「你不是除靈師嗎？跟祂鬥了這麼久，真的一點兒辦法都沒有？沒辦法提早預防嗎？」

被我這麼一問，山貓竟有點為難。「東樺，你可能誤會我了。」

「什麼？」

「我的確早就知道總有一天擹會跑出去，但我真的無能為力。」

「……」

「而且，我留在那棟大樓主要的原因並不是消滅擹，而是想知道標記的作者是誰。」

「比起譚，你反而更在乎那些塗鴉？」

面對我的質問，山貓不置可否，我看不出他的眼神，卻覺得他似乎有些落寞。

「大樓的標記是最早出現的，那場地震改變了很多事情，有此一說，地震把某些用來鎮壓穢物的法器給震壞了，才會如此不平靜。」

又是半年前。所有事情都始於半年前。

「再多告訴你一件事吧，東樺。」

山貓拿起擺在茶几上的皮夾，從內側的夾層裡拿出一張摺疊得小小的紙條，在我面前攤開。光看也知道，這字條有不少年頭，邊緣都泛黃了，褶痕很深，筆跡也已經模糊。

上面只有短短兩行字。

這段時間辛苦你了
錢拿去用　不要回頭　對不起

我愣住了，不過不是因為紙條的內容，而是這筆跡我實在太熟悉了。

雖然潦草了點，但缺一筆畫的「時」，和尾巴拖得特別長的最後一個字，全都跟標記一模一樣。

「這是某個對我來說很重要的人寫的。」

山貓的語氣非常溫柔，修長的手指輕輕撫過字條表面。

「但我不記得他的事，連名字也沒有印象了……唯一的線索，就只有這個。我真的，很想見他一面……」

我沒有追問，雖然有無數的問題，但理智告訴我不該追問，至少現在不該。這個男人身上的祕密，遠比我想得還要多。

「東樺，我這樣會不會很奇怪？」山貓忽然抬頭，問道。

「……不會啊，要是我也會很想知道真相。」

「是嗎？太好了。」

山貓舒了一口長氣，把紙條小心摺回原樣，收進皮夾。然後他拿起披在沙發上的西裝外套穿上，說：「帶我去見池上小姐。」

「為什麼？」

「我想親自確認她的狀態。」

我帶山貓去了醫院，池上就跟警察說的一樣，在病床上沉睡著，不管怎麼喊都沒反應。山貓說池上的精氣已經所剩無幾，這的確是被吸收之後的典型症狀，唯一讓她醒來的辦法，或許就只有找到蟗，奪回被吸走的精氣。

「意思是要殺死蟗？」

「不需要殺死，只要讓祂露出破綻就可以了，魙雖然沒有形體，但會憑依在某種東西上面，比如說高跟鞋。祂吸走的精氣，有很大機率也藏在高跟鞋裡面。」

「意思是只要奪走高跟鞋就好了吧，就這麼辦！」

「說起來簡單，你有自信嗎？」

「你不是不會受魙影響嗎？那只要把槍交給我，讓我停止祂的動作，你趁機過去把高跟鞋搶走不就好了！」

「東樺，你比我想得還要頭腦簡單耶！」山貓一副很意外的樣子。「我終究是人類，雖然魙不會主動攻擊我，但我要是碰祂的本體，也是會受傷的。」

我一愣。「是這樣嗎？」

「東樺，你一點點都不擔心我的安危嗎？好殘忍。」

山貓擺出小媳婦的樣子，哀怨地說，我被他搞得有點尷尬，剛才鼓起的勇氣都沒了。

「我不是那個意思……」

「反正，前面講的這些也只我的猜測，實際怎樣還是得眼見為憑。」山貓搖搖頭，恢復正經的樣子說：「我會試試看的。」

「那如果失敗了，池上會怎麼樣？」

山貓脫下手套，輕輕握住池上的手，似乎在感應什麼，幾分鐘後他說：「還能再撐一段時間，但拖得越久，醒來的機率就越渺茫。」

「那我們得快一點兒了。」

「走吧！」山貓說：「去那條不存在的街道。」

「靠，現在不是工作的時候吧！」

「誰說是去工作？聻是不該存在於世上的不自然之物，傳說中的那條街也是類似的情況，像這樣莫名出現又消失的道路絕不是好東西，異常之間會互相吸引，很有可能出現在那。」

「但要是裡面真的有聻，怎麼會連小孩子都能平安回來？」

「你確定回來的還是原本的孩子嗎？」

被這麼反問，我一愣。「啊？」

「不管是聻或者鬼，都很喜歡年輕的軀殼，你聽過『奪舍』吧？就是鬼物利用活人身體還陽，取代原本的人生活在這世界上，直到現在都經常發生喔。」

「你、你的意思是，那些小孩早就被取代了嗎！」

「很有可能。」山貓冷笑。「附註，天快黑了，錯過可就要等下個月囉。」

我又看了池上一眼，她還是緊閉雙眼，神情看上去就像是在做著惡夢。

「再等我一下，我一定會讓妳醒過來的。」

03

在調查開始之前，山貓要我先繞路，去到一個奇妙的地方。那是租賃式的倉庫，被分成很多小隔間，只是看起來已經很久沒有使用，不僅櫃檯沒人，就連外面的告示也褪色到看不出原樣。

「這裡還在營業？」

「當然沒有啦！我只是借用一下。」

「你還真懂得怎麼省錢。」

「嗯，我的工具都放在這裡。」

山貓從口袋掏出一把鑰匙，打開其中一個隔間的門，一股陳舊灰塵的味道撲鼻而來，我被嗆得直咳嗽。

隔間不大，裡面只有幾個鐵製置物架，堆滿紙箱，看樣子他是把大樓的家當都搬來這裡了。山貓在紙箱堆裡東摸西摸，從底層找到一大把雷擊木子彈，還有些不明用途的符咒。

「這麼多？」

「人造的。」山貓微笑。「綽綽有餘。」

「你還有什麼可以防身的東西嗎？」

「很多啊，有香灰、桃木劍、朱砂、墨汁、銅鏡……但我不推薦就是了。第一，聻不是鬼，對鬼有用的法器大部分都無效，我早就試過了；第二，帶著太多東西不好逃命，也容易累，保持體力比較重要。」

「你的意思是，要是子彈又用完了，我們就只能打道回府？」

「基本上沒錯啦！」山貓很乾脆地說：「走一步算一步吧。」

我開始覺得前途多難了。

傳說中的巷子在國小旁邊，明明是熱鬧的市區，卻偏偏在國小周邊有幾塊空地，還有紅磚砌成的矮牆，爬滿蔓藤，地上有幾隻打盹的貓。兩者湊在一起的景象相當突兀，彷彿跨進這條巷子就瞬間穿越到二十年前。

今天是農曆初一，也確實是晚上，我們所看見的卻只是再普通不過的死巷，我翻到對面去，真的除了長滿雜草的空地，什麼也沒看到。

「我說，這該不會是假的吧？小孩子不都喜歡亂講話嗎？搞不好這個傳說從頭到尾都是掰的。」

我瞪著山貓。「與其在這裡浪費時間，不如想想對付聻的辦法。」

「不要這麼著急，先休息一下吧！要不要吃棒棒糖？」

山貓好像愛上了我上次買的棒棒糖，自己又跑去買了一大桶，他從口袋裡掏出兩枝，一個香蕉口味，一個草莓口味。

「你自己吃，我去抽根菸。」

我垂著頭走出巷子，點起菸。這時間小學已經沒人了，鐵門全都拉下，窗戶裡一片漆黑。如果那幾個小孩沒有說謊，那到底是哪裡搞錯？怎麼可能他們進得去，我們卻沒辦法！

「可惡！」

我狠狠吸了一大口菸，把菸蒂丟在地上，用力踩熄。

「亂丟垃圾是不對的唷！」

山貓不知何時出現在我後面，笑著指指地上的菸蒂。

「嘖，戴著墨鏡還看得那麼清楚。」

我用手指把菸蒂夾起來，丟進對面人行道上的垃圾桶。

「想出什麼了沒？」我問山貓。

「有是有，不過……我說了你不要生氣喔。」

「快說！」

「就是呢……這可能必須要由另一個世界的居民帶進去，否則是找不到路的，就算有陰陽眼也一樣。那些小孩子恐怕是不知不覺被con或者鬼牽走了，當然日子也很重要，兩個條件缺一不可。」

山貓很順手地從我口袋裡抽出手機，在我罵他之前，打開地圖APP。「你看，附近正好有間萬應公廟。」

搞了半天，真正的條件是必須有鬼引路？他不會要帶我去拜陰廟吧！我已經夠衰了欸！但很快我又想到，這是目前唯一的線索，假如不這麼做，池上會死，還會有更多人受害。

病床上的池上不會說話也不會笑，不會故意找我麻煩，不會諂媚地叫我「老師」。她褪去妝容的臉看起來還是跟學生時代一樣，只不過穿上套裝，就自以為是大人了。

不久前她才笑著跟我道別，沒道理忽然就變成這樣。

真是的，總是給我添麻煩。

我甩甩頭，不去理會腦中不祥的預感，對山貓說：「我們走！」

還以為山貓又要替我開陰陽眼，沒想到他說這次不用。萬應公廟就藏在學校後方的小路裡，這校園周邊還真是什麼都有，一定有不少鬼故事可說。

廟很小，就跟普通的土地公廟差不多，只是不見神像，也沒有插香，香爐空空如也。

「這間廟已經廢棄了嗎？」

「早就廢了，但祂可沒有離開。」

山貓從隨身的公事包裡拿出一疊紙錢，就地點火燒了，喃喃低語著什麼，仔細聽，他是在跟萬應公稟告我們的身分跟來意。只是我注意到他自稱山貓，也沒有報上歲數，這樣萬應公會理他？他難道就沒個本名？

山貓稟告完畢，拿出一對筊杯——原本應該是紅色的，可因為用了太多次，外層的紅漆已經所剩無幾，變成灰撲撲的木頭色——往地上一擲，兩個筊子在地上彈跳幾下，呈現一正一反的狀態。他又連續擲了兩次，結果一樣。

「好，祂同意了！」

山貓開心地向我報告，脫下手套，在廟旁邊的小水龍頭清洗雙手，要我也趕快洗。我洗了手，他要我把眼睛閉上，說等等就會感覺到有人來牽我的手，不可以說話，也不可以睜開眼，乖乖跟著走就對了。

今天原本就沒有月光，他這麼一說，感覺天又更黑了，雲層洶湧地翻動，彷彿預示有大事要發生。

我閉上眼睛，不久後果然感覺到有什麼冰冷的東西握住我的手。

來了！

很快祂便開始前進，我只能盲目地跟著走，別說睜眼，我連大氣都不敢喘一口。我聽見背後有腳步聲，應該是山貓，他也被萬應公牽著嗎？或者因為他是特殊體質，其實有辦法自己進去？因為什麼都看不見，不安的感覺比平常更大，我只好想些無關緊要的事來轉移注意。

記得從廟裡過去巷子的路沒有很遠，卻好像走了一個世紀。我很想問什麼時候才到，可山貓沒說話，我也不敢輕舉妄動，萬應公絕對不會比河神還好溝通。

終於，在歷經漫長的煎熬後，手忽然就被放開了。
周圍什麼聲音也沒有，再也感覺不到萬應公。
「可以睜開眼睛了。」
我聽見山貓的聲音，緩緩睜眼，自己正身處一條窄巷中，頭頂有破舊的鐵皮遮雨棚，上面還掛著白色燈籠。
真的進來了，傳說中不存在的巷子。

04

「有件事我要先說。」山貓開門見山。「我們能進來是仰賴萬應公的幫助，加上今天是初一，這兩個條件缺一不可，所以要是出去了，想回來就只能等下個月。」
「我知道。」
這代表著，在找到那傢伙之前，我們都無法離開這裡，我也做好了要是高跟鞋不在，就留在這裡等祂過來的覺悟。
「對了，你不用擔心吃喝的問題，這個空間跟外面不同，在這裡是不會有生理現象的！連睏都不會睏！」
山貓得意地補充。「也就是說待多久都可以喔！」
「我又不是來玩的！」我睨了他一眼。「這麼了解，以前進來過？」

「我去過類似的地方。」山貓望著眼前長到有如沒有盡頭的巷子。「東樺，依你的感覺，這裡現在有鬼嗎？」

我閉上眼仔細感覺了下。「應該……沒有？」

「OK，往鬼氣最弱的地方走，或許就能找到譚，但不見得會是高跟鞋，或許還有別的個體。你可別看到就衝過去，就算要逃也得屏住呼吸慢慢地逃，或是躲在你最喜歡的櫃子裡面也可以啦。」

「少廢話。」

我沒心情開玩笑，逕自往前走。山貓平時看上去大剌剌，一碰到專業領域就會瞬間變得很可靠，或許這就是所謂的職人精神？儘管很不願意承認，他這種捉摸不定的態度反而讓我安心，有種「即使發生意外，說不定他也能神來一筆解決」的奇妙信賴感。

兩人沉默地沿著巷子前進，大約走了十分鐘，頭頂的燈籠越來越少、矮牆越來越破舊，甚至路也逐漸變窄。

到最後，我們不得不側身才能勉強通行，要是小孩子應該輕易就能鑽過去，說不定這裡真的是為了奪舍而設下的陷阱。

好不容易鑽出巷子，眼前豁然開朗，居然是一座小小的村落！

「這是……什麼地方……」

說是村落其實不太準確，可除了這個，我找不到其他形容詞。寬大的街上有著三三兩兩的磚造建築，路面鋪滿碎石，還有許多柳樹迎風擺盪。柳樹是陰氣最重的植物，一般而言陽宅旁邊是不種柳的，可這裡並沒看見其他植物。

就連一根草也沒有，更遑論動物，現在可是夏天，外面四處都是蟬鳴，這裡卻靜得沒有半點聲音。

陰風吹來，感覺氣溫似乎比外面低了很多，我居然開始發抖，不是因為害怕，而是寒冷。

「好冷……」

一說話連牙齒都在打顫，轉頭看山貓，他也不停搓著手，代表不是我的錯覺。

「你這傢伙，不是說不會有生理現象嗎？」

「你現在感覺到的寒冷，不是肉體的感受，而是源自魂魄。這是因為來到陰氣過於濃厚的地方，你的魂魄還沒辦法適應。」山貓僵硬地扯扯嘴角。「過一段時間就會好了，我們稍微逛一下吧。」

於是我們瑟縮著身子，又開始漫步。很快我便發現不對勁，這裡所有的房子，竟然都沒有門窗！而且四面牆壁平平整整，看起來不像是後來才把門封上，而是打從一開始就沒有做門。

「這真的是房子嗎？」

「當然不是啦！」

山貓摸著粗糙的紅磚牆壁。「這些建築的格局都是前寬厚窄，不是陽宅，而是陰宅，很明顯就是棺材嘛！」

「怎、怎麼可能，這麼大一個，而且還蓋在地上，你唬爛我啊！」

「這叫地上棺。」

山貓說了個我從未聽過的名詞。他說那也是一種處理死者的方式，白話文就是裝進棺材裡，不埋葬，把棺木建得像是房子一樣，模擬死者生前的生活空間。

「但是不埋葬的話，不就會變成厲鬼，或是殭屍之類？」

我好歹也是寫恐怖小說起家，讀過很多資料，人死必須入土為安，不下葬是大忌。

的確，古代位高權重的人，墓葬總是大得浮誇，甚至到了堪比宮殿的程度，但那都是埋在地底下的東西，再怎麼樣也不會暴露在地表。

「歷史很長，不是所有事情都會寫在書上，地上棺是真的存在的，不過已經很少看到。你也知道這裡不是人住的地方，所以合理推測我們看見的所有東西都是鬼製造的，自然會做成祂們喜歡的樣式。」

「真是莫名其妙。」

我再次認清，人跟鬼終究是完全不同的物種。

本想還是快點去找高跟鞋，但看見這房子，我想起了一件事。

「山貓，這裡面住著鬼對吧？」

「是啊！」

「那之前被奪舍的那些小孩，會不會還留在裡面？」

我也靠了過去，輕輕敲了敲磚牆，發出紮實的聲響，即使把耳朵貼在上面也聽不出裡頭的動靜。

山貓沉默一會。「如果我說是，你打算怎麼做？」

「當然是把祂們帶出來。」

「東樺，我之前警告過你了，不要干涉死者的決定。」山貓的語氣很嚴肅。

「既然都要救人，救一個跟救三個有什麼差？」

「我知道你在想什麼，但你只是因為上次的經驗，讓你產生了『要是救了他說不定會改變什麼』的補償心理罷了。」

「你說什──」

「你沒有能力救這些小孩，說不定還會為了祂們而錯失救池上小姐的機會；就算是我，也沒有把握能一口氣帶走這麼多魂魄。我畢竟是除靈師，消滅才是我的專長。」

我咂舌，他說得其實沒錯。可是，都已經來到這裡，要裝作沒看見放著不管，還真有點良心不安。

「……那你讓我看一眼裡面。」

幾番思索後，我說：「要是裡面沒有小孩子，代表我跟祂們沒緣分，我就馬上放棄，去找高跟鞋。」

山貓乾脆地答應了，於是，我們開始研究這些棺材。

整個建築完全是磚造的，相當厚實，考慮到必須保持低調，不太可能直接砸爛。最保險的方法就是用細小的工具剔除水泥，從縫隙中偷窺。我摸著牆找了很久，發現有幾塊磚比較鬆動，便拿來樹枝，想看看能不能鑿出個小洞。

「不知道這樣算不算擅闖民宅？」

「沒關係啦，你都有前科了。」

「你皮在癢。」

「說真的應該不算，我們沒有『闖』進去，只是把牆挖開，稍微看一下裡面而已。」

「也是。」

我又花了許多時間，鑿出能讓光線鑽進去的小縫，大約只有一個指節寬。最讓我不敢相信的是，居然有微微的光線透出來。我做了幾次深呼吸，把眼睛緩緩靠過去，首先看到的是一張椅子，應該是搖椅吧，正慢慢前後晃動著，上面還坐著一個人。

從這個角度僅能看到他的半張側臉，搖椅旁邊有張小矮桌，上面點著的並非蠟燭，而是香！

微弱的光線就是從那裡發出的，在牆上投射出那個人的影子。

我的眼睛越瞪越大。

這間屋子完全沒縫隙，不可能是風吹動搖椅。

所以，只能是那個「人」讓搖椅動的。

「不可能……」

我不敢置信，那人有影子，但他並非活物，而是很明顯的死屍！證據就是，他的側臉完全看不見鼻子的輪廓，似乎也沒有眼珠。

跟鬼比起來，會活動的屍體顯然更加驚悚。我把視線移開兩秒，想再確認一次，希望可以看到正常一點兒的畫面——屋裡一樣昏暗，但搖椅沒有在動。

那個人不見了。

我全身僵硬。

「該走了，孩子不在裡面！」

山貓揪著我的衣服，硬是將我拉走，我驚魂未定，耳邊只剩下自己心跳的聲音。

05

今晚真他媽不是我的日子。

好不容易提起幹勁，竟忽然下起了雨，還連續打了好幾個雷，閃電劃過空中，烏雲有如蠢蠢欲動的巨獸。氣象預報明明說今天是好天氣啊！降雨機率百分之十而已！我靠！

不能回去，連個高跟鞋的影子都還沒見到，絕對不能回去。

雨勢雖然沒有很大，可風速驚人，將水珠都吹到臉上，視線也變得模糊不清，可說是最糟糕的天氣。讋害怕打雷，所以現在應該躲起來了，我們可以稍微休息，說是休息，也只是在柳樹下傻傻站著而已。

畢竟這裡的房子（棺材）都方方正正沒有屋簷，更不用說涼亭、騎樓什麼的，唯一可擋雨的地方，也就只有樹了。

大約二十分鐘後，雨勢漸緩，也不再打雷閃電。我正想離開，山貓卻拉著我的手躲到一間棺材屋後面。我用眼神問他在幹什麼？他指著前方，我們探出半顆頭，發現不遠處的柳樹下，站著一名女子。

她，或者說「祂」穿著淺色洋裝，看起來大約二十幾歲，手中緊緊抱著一隻黑色的貓咪布偶。祂全身呈現半透明，在毛毛細雨中顯得搖搖欲墜，仰著頭似乎正與某人對話。

但祂面前沒有任何人。

「怎麼回事？」

我好奇地問，山貓小聲說：「往下看。」

於是我把視線往下挪，差點大叫出來！

一雙紅色高跟鞋，端正地擺放在女子對面。

也就是說，這個女子正在跟我們看不見的讋說話？

「鬼不是都害怕聻嗎？祂怎麼還……」
「噓！」
山貓一巴掌摀住我的嘴，我瞪了他一眼，靜觀接下來的發展。
雨聲加上距離，我們不可能聽得見祂們的對話，但女子似乎說到傷心處，掩著臉開始哭泣。隨後，祂驟然停下動作，揚起下巴，雙手在脖子處胡亂揮舞，連腳都離地了。
簡直就像是，有誰正掐著祂的脖子一樣……
接下來女子的身影越來越模糊，從腳開始漸漸消散，到最後整個人都消失不見，手中的布偶也「啪」地掉在地上，在紅色高跟鞋正前方。
僅僅是眨眼間，高跟鞋忽然就不見了，留下布偶孤零零在原地。
「這是什麼情形？那個鬼的精氣也被高跟鞋吸收了嗎？」我難掩激動，連忙問山貓。
「我覺得不太像……」
山貓話未說完，那扁塌的布偶手腳抽搐了下，居然慢慢地站了起來，像人類那樣用兩腳直立。
「我懂了。」看見這一幕，山貓恍然。「聻擁有將普通的鬼感染成同類的能力！」
這句話有如晴天霹靂，這傢伙是病毒嗎！還是在演喪屍片啊！
「大量的聻開始作亂都是大樓被拆之後才發生的，也就是說高跟鞋是一切的源頭，是祂獲得自由後，不停透過感染增加同伴。也難怪鬼會對聻避之唯恐不及，對祂們來講，聻就是跟殭屍差不多的存在。」

「你不要說明了，現在怎麼辦！一隻就夠難搞了，居然還變多，搞屁啊！」

「我也是現在才知道啊，你問我我問誰？要怪就去怪市政府，是他們決定要都更的！」

「幹！」

我只好用搥牆來發洩憤怒，親眼目睹聻的威力後，我開始失去自信，「奪走高跟鞋」這種事情，真的能做到嗎？在腦海中演練的過程相當簡單扼要，可一個搞不好，我們都會丟掉小命。

「東樺，別灰心。」

山貓走到我身旁，握住我的手。他沒有戴手套，不知是不是因為淋雨，掌心異常冰冷，簡直感覺不到體溫，唯有聲音清晰地傳到耳裡。

「我是最了解那傢伙的人，即使殺不死祂，奪走本體這點事，努力一把也還是做得到。」

我錯愕地抬頭，那張明星般的臉此刻正對著我燦爛笑著，有點欠打，也有點噁心。

「這可是你說的。」我重整呼吸，把他的手推開。「槍給我。」

山貓點頭，把槍和裝滿雷擊木子彈的彈匣交給我。

「原本的作戰計畫是合力對付高跟鞋，但現在多了黑貓，所以我們得分開行動。你帶著這個去引開黑貓，我則想辦法搶走高跟鞋，這樣如何？」

「等一下，你沒有武器，要怎麼靠近那傢伙？」我有些慌。

「高跟鞋不會吸走我的精氣，所以我有很多時間跟祂耗，總有辦法接近祂。」

山貓說完，拍拍我的肩膀，然後便跑開了，我什麼也還沒說。

但，時間已不允許我思考。

幾乎在同時，黑貓布偶也跑了起來，以驚人的速度追在山貓後面。

「操，站住！」

我整個人跳起來，子彈上膛連開三槍。雖然沒有擊中黑貓，但光是聲音就讓祂停下動作，我邊跑邊又補一槍，絲毫不給祂緩解的機會。

「你就這樣被定格在這裡吧！」

我得意地大笑，跑到黑貓布偶前，用槍抵著祂。「敢再動一下，我讓你吃不了兜著走！」

黑貓沒有動，五秒很快又到了，我毫不客氣一槍打穿祂的棉花腦袋，這次子彈數量很足，不用像上次那樣緊張。

被爆頭的黑貓布偶，軟綿綿地癱倒在地。

我這才想到，用來憑依的物品要是壞了，會怎麼樣？那就等同於摧毀本體了吧，雖然不會死，但也會受傷，原來這麼容易……

咦？

不對，不應該是這樣。

強烈的違和感襲上腦海，絕對有什麼很重要的事情，被我們忽略了。

這條巷子存在已久，璽獲得自由後，一定也不是第一次到這裡，假如祂能夠將鬼都變成同類，那麼——

颼！

有什麼尖銳的東西從後面飛來，劃破我的臉頰跟嘴脣，緊接著在我回頭之前，無數銳利的碎片襲來！

我不禁回想起以前打架時，總喜歡掄起椅子砸破玻璃，碎片紛飛的感覺。

「操，痛死了！」

我哀號一聲，立即蹲下，用雙手護著頭臉，盡可能背對著碎片襲來的方向。混亂中我聽見了疑似拍動翅膀的聲音，但感覺不像是鳥類，而是體積更小的生物。

對了，蟲子。

不過怎麼可能！從剛才到現在，村子裡除了我們兩個沒有任何活物，這麼大量的蟲是從哪裡來的？

我動彈不得，感覺衣服都被刮破，想必背部一定有了不少傷口，嘴裡也滿是血的味道。

我只能盡力護著自己，等待蟲群離去，幸好不過幾十秒，那群蟲子就散開，再也聽不到聲音。
抓緊時間，我爬起來睜開眼，發現面前不到五公尺的地方居然站著一個人！
那是名少女，上半身穿著像古裝一樣的寬袍大袖，袖子幾乎要垂到地上，下半身卻是黑色短裙，光著雙腳，沒有穿鞋。
髮型是普通的長直髮，後腦勺有個蝴蝶髮飾，花色十分逼真，就像是一隻巨大的蝴蝶停在頭上。不僅是這樣，她全身上下停滿真正的蝴蝶，緩緩拍動著翅膀，簡直像某種精緻的工藝品。
剛才攻擊我的就是這傢伙？然而，比起這宛如 cosplay 的打扮，更讓我震驚的，是她的眼睛。
那是一雙無比空洞的眼，靜靜地睜著，沒有情緒，卻有著能刺穿人心的魄力，猜不出她的心思。
動不了，我做夢都沒想到自己竟然會被一個小女孩的眼神嚇得腿軟。
「為……什麼……來這裡……」
少女開口了，聲音斷斷續續，聽不出情緒，甚至不像是從口中發出的，而是直接傳達到腦海裡。
「這裡不……是……嘔……嗚嗚……」
少女還未說完，大量的蝴蝶從嘴裡湧出，她痛苦地呻吟著，但蝴蝶沒有停下，瘋狂地冒出來。

「嘔……我……人……」

少女跪了下來，雙手在空中無力地亂抓，最後終於不支倒地，蝴蝶這才全數飛走，只有幾隻還停在嘴邊。

「我是……人……類……」

少女單薄的嘴唇動了動，吐出這幾個字，然後閉上眼睛。

我久久反應不過來。

她是人類？

難道她也是被牽引過來的小孩之一？這麼說來，那些蝴蝶該不會也是聻吧！

我顫抖地舉起手中的槍，對準少女身旁的幾隻蝴蝶，扣下扳機——

沒有。

沒有聲音。

我瞠大眼，驚覺槍口不知何時已經被扭曲成了廢鐵。中計了。

忽然有這麼多蟲出現，根本來不及反應，而且，我完全沒料到聻也能依附在活物身上。

唯一的武器，陣亡。

06

五秒後，大量的蝴蝶再度朝我撲來，祂們沒有高跟鞋那樣的壓迫感，可數量極多，加上刀鋒般銳利的翅膀仍讓人招架不住，我只能拔腿就跑。

我在偌大的村子裡狂奔，瞄到棺材屋旁多出了許許多多人影，對著我指指點點。

雖然很想大罵這群吃瓜群眾在搞屁，不過逃命比較要緊，我繞著村子跑了半圈，終於見到山貓，他的情況也沒比我好到哪去。

遠遠就能看出來，他全身沾滿塵土、氣喘吁吁，面前不遠處是那萬惡的紅色高跟鞋；不同以往的是，高跟鞋上方飄著一團張牙舞爪的黑霧，有如三頭六臂。

瞬間，原本還緊追著我不放的蝴蝶，朝山貓一擁而上，山貓在毫無防備的情況下，渾身被刮出無數傷口，他卻沒有發出半點聲音。

這樣下去不行！

我手忙腳亂尋找能充當武器的東西，但這裡天殺的什麼都沒有，過於輕敵是我們最大的錯誤。

高跟鞋注意到我的存在，施放黑色霧氣，將我團團包圍，哪怕只是想前進一小步，都痛得像是被火灼燒。

山貓吃力地從口袋裡摸出一張黃紙，似乎是某種符咒，他向我大喊。「東樺，打火機！」

我愣了半秒，連忙拿出打火機丟給他，山貓一把接過，點燃符紙，燒起青藍色的巨大火光，蝴蝶們紛紛飛離，霎時間遮蔽了半片天空。

他竟藏了一手，明明說符咒是沒用的啊！

但山貓當然沒有時間解釋，他用兩隻手指夾著符咒指向前方，嘴裡唸著咒文，那團黑霧呈現不規則狀蠢動，凝聚成無數觸手般的構造，伸長鞭打在山貓身上。

他發出吃痛的哀號，整個人被打飛撞上後方的棺材屋，厚實的磚牆崩落，瞬間塵土飛揚。

「山貓！」

我大喊，可依舊衝不破黑霧，難道就只能這樣無助地看著了嗎！

撞上磚牆的山貓迅速從瓦礫堆起身，他的墨鏡不見了，我終於第一次看見他的眼睛——

藍色。

是跟剛才那火焰一樣清澈的藍色！

高跟鞋原本要伸出觸手，可卻明顯退縮了一下，難道是被這雙眼睛嚇到了嗎？同時我感到束縛我的力量稍微放鬆，我用盡全力，以側身撞破黑霧，儘管痛得徹骨，終於成功脫逃！

「先撤退吧！」

我上前將山貓攙扶起，他只是不停喘著氣，狠狠盯著那團觸手。蝴蝶圍過來，卻與我們保持距離，彷彿有什麼正阻止祂們靠近。我也沒空深究，帶著山貓狂奔。

快要到出口時，我忽然想到剛才有個被蝴蝶占據全身的少女……現在的情況不允許一口氣救兩個人，可是少女倒地前的眼神讓我耿耿於懷，於是我決定賭一把。

「山貓，你能自己走嗎？」

「可以……到那邊放我下來。」

山貓指著前方，是我們進來時的巷子，他眨眨藍色的雙眼，不解地看著我。

「你想做什麼？」

「我要去救一個人。」

「是誰？」

「剛才遇到的一個女生，她說她是人類。」

「我說過了，不要管無關的人……」

「我就去看一眼，不行的話，我會直接回來的，我保證！」

我將山貓留在巷口，不理會他試圖抓住我的手，轉身奔了回去。

少女果然還在原地，可她並非獨自一人，身邊圍滿了鬼，有男有女、有老有少，祂們好像不敢靠得太近，在一段距離之外好奇地打量這位不速之客。

我在鬼群中看見幾個小孩子，還穿著小學制服，心想祂們難道就是被奪舍的受害者嗎？我悄悄靠近，祂們注意到我，卻沒有逃跑，只是用有點警戒的態度，視線緊跟不放。

「不好意思，我沒有惡意，我只是路過。」

我走到少女身邊。「我想帶她走，可以吧？」

這話引來一陣竊竊私語，等了一會也沒鬼出來阻止，於是我將少女抱起。臨走前，我看著站在最前面的小孩，問：「你是對面那所小學的學生？」

小孩點點頭。

「你要跟我走嗎？我可以帶你離開這裡。」

出乎意料，小孩居然搖頭了，祂走到一個高大的男鬼身旁，拉著祂的衣角。

那名男鬼溫和地笑著，對我深深鞠躬。

「你的意思是……你要留在這裡？」我不可置信。

小孩也笑了，祂對待男鬼的態度，就像那才是祂的親生父親。

「那，你們呢？」

我轉頭問其他的小孩，祂們也紛紛搖頭，似乎鐵了心不打算走。我不懂為什麼，祂們才到這裡沒多久，怎麼就如此適應這樣的生活了！

「這裡有這麼好嗎？」

小孩們面面相覷，隨後又是傻笑，一個小孩嘴巴開開合合，試圖告訴我什麼，但我聽不清，從嘴形跟態度來看，可能是在說「不關你的事」。

「……或許你們是因為一時好玩還是其他理由，讓鬼奪舍，但這是一輩子的事，不管那鬼跟你們說了什麼，一定都是騙人的。」明知沒有轉圜餘地，我還是忍不住說：「真的不願意離開嗎？現在還來得及！」

這一次，沒有鬼給我反應，祂們默默地消失了。

我只能無奈地帶著少女離開，她依舊有呼吸，只不過很微弱，我不停對她呼喊，不要死，千萬不要死啊。

幕間：心理輔導的對話錄音（節錄）

師：……（前略）……所以，如果可以靈魂出竅，你會想試試看嗎？

生：當然想啊！

師：喔？為什麼呢？

生：因為鬼不是可以穿牆嗎？而且沒有人看得到我，這樣我想去哪裡就去哪裡！爸爸就不會打我，也不會去跟老師告狀，他真的好煩。

（學生開始哭泣。）

師：唉呀，不要哭，老師幫你。

（數秒鐘的沉默。）

師：感覺好一點兒了嗎？

生：嗯。

師：對了，你怎麼會知道鬼是可以穿牆的呢？

生：因為電視都是這樣演的啊！

師：喔～你喜歡看什麼節目？

生：很多，我喜歡看有鬼的，我覺得鬼很酷！我媽媽以前常說，她以後變成鬼就會回來報仇。

師：這樣啊，那你知道要怎麼樣才能變成鬼嗎？

生：嗯……

師：你不知道嗎？老師告訴你，只要死掉就可以了喔。

（數秒鐘的沉默。）

師：怎麼了，你不想死掉嗎？

生：不想。

師：但是你說你想變成鬼呢。

生：我、我不是想變成鬼，是靈魂出竅，不一樣啦。

師：原來如此。

（笑聲。）

師：你很誠實，真的很棒喔。為了獎勵你，老師告訴你一個小祕密。

生：什麼？

師：放學的時候去找萬應公，老師在那邊等你。

生：萬應公是誰？

師：是保佑大家的神明喔。

生：真的嗎？

師：對啊，老師家代代都是萬應公的祕書喔，這是只有乖學生才能知道的事情，一定要保密喔，如果告訴別人，萬應公會生氣，就不會保佑你了。

生：好，我絕對不會說出去！

師：只要去拜託祂，你就能變成鬼，想去哪裡就去哪裡。

生：真的嗎！那、那要怎麼變回去？如果我不想當鬼了呢？

師：只要再請萬應公幫忙，隨時都可以變回來喔！

生：那就好！

師：一定要來喔，對了……啊，竟然忘了還在錄音……

（錄音被切斷，到此結束。）

第三站：不願死去的人

01

不明原因昏迷的人在短短幾天內急速增加，已經成為社會事件等級。

我做夢都想不到，超自然現象竟能有如此大的規模，各界專家、學者們紛紛發表高見，什麼新型病毒、邪教洗腦、外星人祕密實驗，一時間陰謀論滿天飛，搞得人心惶惶。

只有我跟山貓知道，他們誰也沒有猜對。

行動失敗讓我們陷入好一陣子的頹喪，在壓抑的氣氛下，之所以能維持正常生活，多虧了我帶回來的那名少女。

目前還不知道少女的名字，因為她清醒後一句話也不肯說，連筆談也不願意。我跟她說明了前因後果，她反應淡薄，看不出聽進去了多少。唯有山貓提議報警把她送走的時候，表現出強烈的反對，她緊緊抓著我的手顫抖的樣子，讓我動了惻隱之心。

家裡又多了一名食客，而且還是個小女孩，怎麼想就有點不自在，首先睡覺的地方就是問題。我本想把儲藏室清出一個位置讓她睡，那裡有我以前露營用的吊床。沒想到山貓看到吊床說他要睡，主動讓出沙發，而少女似乎也覺得占用房間不好意思，在兩人堅持下，只好讓她睡在沙發上。

看見她躺在沙發上的身軀那麼小、那麼脆弱，總覺得很可憐。

我想少女不說話大概是因為受到太大的驚嚇，每天太陽下山後，她就會心神不寧地走來走去，嚶嚶哭泣。山貓替她收驚幾次沒什麼效果，她不想去醫院，所以只能等時間解決。

萬幸的是，少女並不排斥我們，跟山貓特別親近。她原本穿的衣服被割得破破爛爛，在她同意後丟掉了。我們帶她去百貨公司挑了些新衣服，被誤認成她是我女兒（山貓則是被當成哥哥，憑什麼）。

山貓叫她妹妹，我叫她小妹。

她不僅主動幫忙打掃房間，還用冰箱僅剩的食材做出史上最美味的炒飯跟蘆筍排骨湯，我簡直要痛哭流涕。而且從她日常的行為就能看出家教很好，顯示出一股超齡的氣質。她是個好孩子，不該留在這裡，可她似乎還不想回去。

「妹妹，妳待在這裡舒服嗎？」

有次山貓這麼問她，她猶豫了一會，然後笑著點點頭。

「我也這麼覺得，東樺的家有種很棒的生活感。」

少女歪了歪頭，用眼神詢問，什麼是生活感？

山貓指著我堆在茶几上的過期雜誌。「就是那個。」然後又指向沙發後披著的衣服，和玄關鞋櫃上裝零錢跟車鑰匙的餅乾盒。

「如果不是住在這裡很久的話，是不可能會有這些東西的！想假裝也假不了，只有真實在某個地方生活過才會留下的痕跡，我很喜歡這樣的感覺，很溫暖，也很浪漫。」

少女露出恍然大悟的表情，給山貓拍拍手。

在後面聽完全程的我，「這不是每個人家裡都有嗎？」

山貓跟少女有志一同地搖頭，我完全搞不懂這到底哪裡浪漫。

如此這般的日子過了幾個禮拜，對聾的調查毫無進展，我們去了幾處新發現標記的地方，依然找不到線索。

我發覺自己已經很習慣山貓出現在我家裡的光景，慢慢的他也把倉庫裡的一些東西搬來堆著，什麼能招魂的六角青銅風鈴、整捆桃枝、舞龍舞獅用的獅子頭，搞得好像古董店。

最近少女漸漸可以筆談，表達一些需求，那段時間，家裡四處都貼了寫著感謝話語的便條紙。她還是不願意談自己，卻很好奇我們的事。在我滔滔不絕講自己的經歷的時候，她總會露出崇拜的眼神，連山貓也聽得津津有味。

在我幾乎產生「好像會一直這樣生活下去」的錯覺時，情況終於有了變化。

那天晚上我剛洗完澡出來，忽然聽見一道細小的聲音叫喚：「秦先生。」

轉頭一看，少女站在我後面微笑。「秦先生，你能聽我說說話嗎？」

除了答應，我還能說什麼？我把山貓也抓來，在兩個大男人的注視下，少女緩緩地、慎重地說出自己的故事。

我叫邱葦寧，原本是個很正常的人，直到五歲那年……這樣的開場好像有點奇怪，但是我說的絕對都是真的。

那天我們全家一起出門郊遊，我迷路了，不小心闖進墓仔埔，還狠狠摔進空墓穴裡。

其實我完全不記得自己是怎麼摔下去的，只感覺好像有人一直在後面推我，然後腳下一空，就不省人事了。

等到我再度醒來，發現我居然躺在一個密不透風的狹窄空間裡，我嚇得哭了出來，連忙大喊救命，接著聽見人的聲音，蓋子被打開，我才知道自己身在棺材中，那個地方就是我的靈堂。

原來，我已經「死掉」好多天了。

那真是一次可怕的經驗，但更可怕的是，從那次「復活」以後，我開始有了靈魂出竅的能力。

以前我沒有辦法控制，每次睡覺睡到一半，靈魂就會自己跑出來，直到天亮；或是媽媽發現我沒有呼吸，大喊我的名字之後才能回去。這種感覺很奇妙，身體輕飄飄的，可以看見自己躺在床上的樣子，沒有人看得見我，也沒有人聽得見我說話的聲音。我碰不到東西，也聞不到味道，感受不到溫度，好像被全世界拋棄了一樣。

剛開始我很害怕，以為自己又死了，可幾次以後發現都能再回到身體裡，就漸漸覺得有趣起來。我今年已經十六歲了，能夠隨意控制自己的靈魂脫離肉身，去到任何想去的地方，然後再神不知、鬼不覺地回來。

我甚至還跟一群鬼魂變成了好朋友，祂們告訴我，如果看見勾魂的鬼差一定要趕快逃，要是被帶去地府可就永遠回不來了。其實祂們不知道的是，我很早以前就碰過一次鬼差了，本來以為會被帶走，祂卻完全無視我的存在，好像根本就看不見我似的。

那之後我就更能確信，生死對我而言一點意義也沒有，因為我早就已經死了無數次，又活了無數次，連鬼差也拿我沒辦法。

我沒有把這件事告訴任何人，包括我媽，我的活人朋友……可是我覺得如果是秦先生和山貓先生，應該可以理解我。

事情突然就發生了，那天我跟家人一起回在鄉下的外婆家，晚上很罕見地，我又在不知不覺中靈魂出竅了。已經很久沒有這樣，從我學會怎麼控制之後，至少好幾年沒有發生這種事，所以我其實很慌張。

我很睏了，想要趕快回到身體裡，卻發現自己越飄越遠。我很害怕，手腳完全不聽使喚，好像被人拖著跑一樣，一路被拖到屋外，被丟進枯井中。我的全身變得非常沉重，好像被一塊大石頭壓著，動也動不了，我在井底大喊，可是沒有人能聽見我的聲音。

我全身都被無形的力量壓住，只有脖子可以轉動，我轉過頭，發現有一個骷髏頭就在自己旁邊，下面好像壓著衣服。它看上去已經在這裡很久了，表面泛黃，長滿青苔，兩個眼窩又深又黑，明明沒有眼珠子，我卻覺得它好像在看著我。

可怕的事情發生了，我發現自己無法把眼神移開，好像整個人都被骷髏吸進去了，意識越來越模糊。昏睡的前一秒，我好像聽到了有什麼巨大的撞擊聲從老家的方向傳出來……

隔天我醒過來，自己竟然還好端端地躺在床上，讓我誤以為是做了一個可怕的惡夢。我下了床，發現家裡靜悄悄的。我在家裡轉了一圈，一個人也沒有，我以為媽媽和外婆出去了，走到門口發現，她們的鞋子居然都還在，連皮包都沒帶出去。

沒有人看見她們去了哪裡，報警之後調閱附近的監視器，發現媽媽和外婆在清晨五點一前一後離開了家，朝著市區的方向走。之後又過了很久，依然沒有找到她們，我懷疑跟那夜的異常有關，向人打聽了枯井的位置，拿著手電筒到枯井那裡一探究竟，卻發現裡面根本就沒有什麼骷髏頭。

但是我知道，那絕對不是我的夢，因為我從那天開始，就不能再靈魂出竅了。無論用什麼辦法，就是不能再把靈魂抽離身體，要是我能，我就可以比誰跑得都遠，就可以快點找到我的媽媽跟外婆。

而且，連爸爸也因為這樣自殺了。我報完警回家後就看到他倒在家裡，手上握著農藥……其實早在這之前，他就因為失業，精神狀況變得很奇怪，大半夜不睡覺，也不開燈，那段時間他很少回家，總是跑去一個類似宮廟的地方。我不知道那到底是什麼廟，也從沒去過，爸爸不肯告訴我任何事。

我完全幫不上忙，甚至都沒來得及關心他，他就這樣走了……真的，很愧疚。束手無策之下，我只好上網尋求解答，最後發現這個都市傳說——不存在的街道。

臺灣不是有很多「魔神仔」的故事嗎？就跟日本說的「神隱」一樣，我想要是真的有那種地方，說不定失蹤的人會在那裡。現在想想我真的是狗急跳牆了，為什麼會這麼傻呢？

我拜託認識的鬼朋友，教我進去的方法，祂勸我不要去，說那裡很危險，但我堅信一定可以在那裡找到她們，硬是闖進去。

然後……就像你們看到的那樣。

我在那裡遇到的事，到現在都還刻意想遺忘，只要稍微想到就會怕得全身發抖。我遇到了那雙紅色高跟鞋，就是你們說的聻。祂跟普通的鬼不一樣，沒辦法溝通，但我一眼就知道祂滿懷惡意。祂強迫我穿上那套奇怪的衣服，讓蝴蝶牽制我的一舉一動，讓我攻擊所有到那裡的人們……

說到這裡，邱葦寧眼眶一紅，哭了起來。

「結果我誰也沒找到，反而被關在那個地方，要不是你們，我可能永遠也回不到這裡……我現在沒有家人了，警察也幫不了我，真的是一無所有了，到底該怎麼辦、怎麼辦……」

她掩著臉不停地哭，我有些慌，推了推山貓。「快去安慰人家！」

山貓錯愕地指著自己。「為什麼？」

「你沒發現她比較黏你嗎？你年紀跟她比較接近，要是我來安慰很奇怪吧！」

「……唉，好吧！」

山貓無奈地嘆氣，起身坐到邱葦寧隔壁，遞給她面紙。「不想說也沒關係，到這裡就夠了。」

邱葦寧擤了鼻涕，還是哭個不停。

「妳不需要因此有罪惡感，那些人的生死與妳無關，妳並非出於本意傷害他們，況且妳也誠心悔過，神明不會責怪妳。」

「嗯……」

「一定很寂寞吧，難為妳了。」

「嗯……」

「妳能一個人挺過來真了不起，都說否極泰來，以後一定會很順利的！」
「嗚嗚嗚……」
山貓汗顏。「東樺，她怎麼越哭越傷心，還能說什麼？我的詞彙用完了！」
我隨口亂說：「不然你變個魔術給她看？」
「好辦法！」
出乎意料，山貓立即去拿了紙筆跟剪刀，剪下一個小小的人形，又替它畫上少女漫畫風格的五官。
「你在幹麼？」
「等等你就知道。」
山貓掐著指訣唸了段咒語，小紙人居然緩緩直立起來，頭部左右擺動，就像在張望這個世界一般。我明確聽到邱葦寧倒抽了一口氣，紙人踏出歪歪斜斜的步伐，走到邱葦寧面前，舉起右手揮了揮，開始跳起奇怪的舞。
靠北，這不是魔術，是法術！
邱葦寧終於破涕為笑。「好厲害，這是怎麼弄的啊！」
「祕密。」
山貓把手指放在嘴脣邊，露出帥死人不償命的微笑，他怎麼不乾脆去當演員？
大概是被稱讚很開心，他又得意忘形地剪了十幾個紙人，圍成一圈跳土風舞，直到邱葦寧也有點受不了才停下。我暗自鬆了口氣，再玩下去，紙人恐怕就要開始飛天遁地了。

「妹妹，妳要記住，妳並不是一無所有。」山貓一邊收拾紙人，從容地開口。

「我來幫妳找家人。」

02

我很意外山貓會主動開口幫忙。

雖然他幫過我好幾次，但他向來對別人不怎麼關心，當初甚至還阻止我去救邱葦寧。在邱葦寧睡著之後，我問山貓原因，他沒馬上回答，而是沒頭沒腦地問：

「東樺，你有身分證嗎？」

「廢話！」

「借我看一下！」

「為什麼？」

「一下就好，借我嘛，拜託？」

又是這種裝可憐的語氣，我實在拗不過，只好從皮夾裡找出身分證給他。山貓接過，脫下墨鏡非常仔細地反覆打量，簡直就像是在看什麼稀世珍寶。

「你也太誇張了吧，有這麼好看喔？」

「好看啊！」

「那你幹麼不看自己的？」

「我沒有。」

「啊？」

山貓笑嘻嘻地把身分證還我。「我沒有身分證。」

「怎麼可能，難道你……」

「不僅沒有身分證，我也不知道自己的名字。」他的語氣異常平靜。「大概七、八年前，我在鄉下一間破旅館裡醒來，身上穿著西裝，桌上放了一疊錢、墨鏡還有紙條。」

我想起山貓拿給我看的，與標記有著一樣字體的紙條。

「我是在哪裡出生、叫什麼名字，以前在做什麼，全都不記得，我的人生就是一片空白。但我總覺得，必須把這雙眼睛藏起來，要是被人看到了，可能會有不好的事情發生。」

我震驚地望著山貓藍寶石般的眼睛。

「那天，灃看到我的眼睛之後退縮了，所以我一直在想，會不會以前的我就跟灃有著密切的關聯？可是，即使我再怎麼想知道，線索還是只有這麼一點兒。」

「……」

「剛才聽了妹妹的故事，我發現自己好像可以理解那種身不由己的感覺，被囚禁在某個地方、被迫傷害他人的痛苦……我好像也經驗過。時隔多年，我終於覺得，離自己的過去又近了一步。」

「同病相憐……嗎？」

「這樣算來，妹妹可說是我的福星，所以我無論如何都得幫她一把。」

「我懂了。」

我對山貓笑笑，拍拍他的肩膀。「也算我一份吧。」

邱葦寧坦白自己身世後過了幾天，山貓挑了個陽光明媚的吉日，去她的老家拜訪。我開著小破車顛簸地行駛在山路上，前往她的老家。兩旁的樹林越來越茂密，幾乎整片天空都被遮蔽。我打開遠燈，視野被局限在光束中，反倒讓人心生不安，根本是恐怖片的開場。

「有沒有搞錯，邱葦寧的老家竟然在這種鬼地方……」

「加油，就快到了！」

從上路開始我已經抱怨無數次，而山貓也都拿一樣的話敷衍我。

由於一切異常的源頭是從邱葦寧跌落古井開始的，山貓認為有必要去看看那口井，但邱葦寧沒辦法帶路，畢竟還沒從創傷中恢復過來。我本以為山貓會說改天再去，誰知道他竟然說沒關係，我們自己處理，於是讓邱葦寧把座標定位在地圖上，立刻出發了。

我想說不過就是井，類似的地方也去過幾百次，結果他媽的藏得比軍事重地還隱密，我去你的自己處理……

「我要休息一下。」

我把車靠邊停，靠在椅背上閉目養神，等了幾秒山貓都沒說話，我又睜開眼睛，發現他在看我。

「靠，你幹麼？」

「東樺，你跟家人關係好嗎？」

「還不錯吧。」我想了想。「他們對我是放牛吃草，不太會罵我但也不會特別支持我做什麼。」

「喔。」山貓若有所思地點頭，說：「所以對你來說，家人是可有可無的存在。」

「也不能這樣說……雖然平常沒在聯絡，但要是沒有的話還是會覺得很不習慣，應該說，完全想像不到他們要是忽然消失了，會是怎樣的情形……」

「聽起來很矛盾。」

「我不會講啦，反正就是那樣。」

我隨便結束這個話題，見山貓還是不太滿意，便問他。「你真的什麼都不記得？」

他轉頭望向窗外。「也不能這麼說，我的潛意識中，還殘留著一些很模糊的片段，但很難去形容，所以我目前沒辦法告訴你。」

「是嗎……」

「那時我問旅館的人，是誰把我帶來這裡的？他們說不知道，因為我似乎沒有經過登記就忽然出現在房間裡，誰也沒看到我進門的樣子。」

「沒監視器？」

「沒有。」

「真夠爛。」

「我在旅館待了滿久，就在那裡幫忙，老闆娘對我也不錯。」

「那你怎麼會跑去住廢墟？」

「他們看我的眼神，很害怕。」山貓的聲音有些沙啞。「他們都怕我，心裡都希望我走。我猜，應該是有人拜託他們收留我，讓我能安穩度日，但是我知道，他們從沒真正接受過我，那不是我該待的地方。」

我想像著山貓被所有人恐懼著、迴避著的情景，不由得有點心酸。

「老闆娘託關係幫我弄到了一套證件，上面有一個名字，但我從不覺得那個人是我，我不知道真正的自己在哪裡，所以我選擇離開。」

「……」

「我還去過廟裡，求神明指點迷津，結果一連擲出二十個陰杯。哈哈……我真的很沒人緣，連神都不願意幫我，還能怎麼辦？」

「……」

「好幾次我都想著，乾脆死了算了，正常人有的我都沒有，甚至都不知道自己究竟為什麼活在世界上。但又覺得，就這樣不明不白地死去，未免也太不甘心。」

我終於想起應該說點什麼。「所以你是因為好奇心才活下來的？」

「算是吧！」山貓笑了笑。「我發現自己能跟靈界溝通，尤其用手觸碰的話，祂們心裡的情緒就會直接傳達給我。我用這個能力偶然幫了別人一次，那個人把我當成除靈師，我就乾脆以此自稱，四處旅行，看看能不能想起什麼。」

「然後就一路到現在？」

「是啊，說也奇怪，我腦中對於玄學的知識倒是記得很清楚，簡直就像生活本能，難道這些東西對我來說，比家人或朋友還要重要嗎？」

「……偶然的吧。」

「不管怎麼樣，總算有了一點點進展。」

山貓好像真的很開心，可我卻覺得有哪裡怪怪的，也不知道該不該潑他冷水。給出二十個陰杯的神明，應該是不希望他找回自己的過去吧，從字條的內容來看，也是希望他不要追究的樣子。

我也知道，越是說不能做的事情就越會想去做，何況山貓的過去可能與聻有關，連我都開始好奇。只是，背後的真相是不是符合我們的期待，那就很難說了。

「其實啊，我也相當不安。」

山貓彷彿看穿我的疑惑。「有時候我會想，如果想起一切之後，我變得不再是我，該怎麼辦？如果我的過去，比我想像的更殘酷，怎麼辦？也許好幾次，重要的線索就擺在我眼前，只是我沒有勇氣去抓住。」

「但你還是決定要找回記憶？」

「因為我覺得，一定還有我能做的事，拋棄記憶離開一切，是不負責任的行為。」

「沒想到你還滿正經的。」

「我一直都很正經。」

「看不出來。」

然後我們都笑出聲。

我琢磨半晌，對山貓說：「我倒是覺得，不管變成什麼樣子，那都是你的一部分，而且，你的過去，就是你活下來的原因啊。」

「你真會安慰人。」

「哈哈，謝謝讚美。」

車內又陷入沉默，不過，一點兒也不尷尬。

差不多該繼續上路，我再度發動引擎，忽然感覺車窗外有東西，一看差點沒嚇死，邱葦寧居然把臉貼在玻璃窗上盯著我！

「啊！妳幹麼？妳怎麼來了？」

我說完才想起來，這個人不可能是邱葦寧，沒有交通工具，一個十幾歲的小孩子怎麼有辦法走來這裡……

窗外的「邱葦寧」面無表情地敲了敲玻璃，山貓整個人橫過來替我把車窗搖下，對她揮手。「哈囉！」

「邱葦寧」沒說話，稍微往旁邊退了一步，竟然又走來一個長得一模一樣的女孩，同樣面無表情，眼睛大得嚇人，簡直像是服裝店的假人模特兒。

我整個傻眼了，這是演哪齣，邱葦寧到底有幾個人！

「妳、妳們是誰？想幹麼？」

我掏出蝴蝶刀對著她們，剛才敲車窗的「邱葦寧」把雙手舉起來。「我不是壞人，我是邱葦寧的雙胞胎妹妹，我叫邱葦蓉。」

「雙、雙胞胎，那……」

我來回看著眼前的兩人，邱葦蓉說：「啊，旁邊這個不是我姊，是我自己。」

「三小？」

「生魂出竅啦。」山貓湊過來對我咬耳朵。「跟你講話的是靈魂，呆呆站在旁邊的是肉身，是同一個人！」

「我現在超混亂，我又沒有陰陽眼，為什麼看得到妳？」

「可能是因為你最近身上陰氣很重。」山貓笑嘻嘻地說。

邱葦蓉接著說：「我跟我姊一樣，從小就會不自覺靈魂出竅。但是她比我厲害，有辦法控制，我就不行了，所以我現在回不去自己的身體，就只能這樣帶著走。」

「……回不去自己的身體，卻還帶著走來走去？」我感到很不可思議。

「就像是摩托車突然發不動了，所以下來牽著走的感覺，總不能丟在路邊不管嘛。」

「……真是簡單明瞭的比喻。」

我無力吐槽，又想到另一個問題。「等等，妳怎麼好像認識我們？」

「聽我姊說的啊，今天有兩個很厲害的除靈師會過來。」

「妳沒騙我吧？妳真的是她妹，那為什麼她完全沒跟我們提到妳！」

「她要我別出面的，說這件事跟我沒有關係……可能是為了保護我才不說的，管他的？反正我們平常也沒住在一起，感情也普普通通啦。」

「喔？」

「我很小就被送去領養了，跟親生父母沒什麼互動，尤其是我爸。」邱葦蓉抱著手，開始碎碎唸。「我只是好奇才跟來的，看你們停在這裡老半天，想說是不是迷路？」

「迷路沒有，只是妳老家真的遠得要命。」

「對啊，所以我才很少回來。」

邱葦蓉看了看天空。「如果要今天過去得快一點兒喔，前面車子開不進去，要用走的。」

「……妳認真？」

「我先走一步啦~在井邊等你們喔。」

邱葦蓉露出幾不可見的微笑，輕盈地飄走了，她的肉身也搖搖晃晃地跟在後面。

看著走遠的兩個身影，我問山貓。「你擅長走路嗎？」

山貓說：「我穿皮鞋。」

「活該。」

「要是鞋壞了，你可以抱著我走嗎？」

我用中指代替回答。

03

從衛星地圖上來看，離目的地的古井還有大約兩公里，而接下來的路程必須全程步行。這路面沒有柏油又坑坑窪窪，就連我都走得很吃力，山貓更不用說，好幾次停下來休息都是因為他喊腳痛。

我努力不去想別的事情，只管左腳、右腳交互抬起，看著自己的鞋子越來越髒。在我的鞋子終於從白色完全轉變成泥土的顏色時，前方終於出現了建築物。

面前有一整片的矮樹叢，只有膝蓋高度，後面是廣大的平坦空地，零星散落著幾間不知道該說日式還是閩式的平房，不是牆壁破了大洞，就是沒了屋頂，可見早已沒有人住。但跟之前的棺材村比起來，這裡已經很不錯了，要是天亮時過來應該可以拍不少好看的照片，順便當成稿子交差。

說起稿子，我又想起還躺在醫院的池上，心情一度沉重起來。

「這地方真不錯，井在哪裡？」

山貓氣喘吁吁，搭著我的肩膀問。從地圖上當然看不到小小的井，可人都來現場了，還是半個井的影子都沒有，說好要在井邊等我們的邱葦蓉當然也不在。

接下來的時間，我們把小村繞了好幾遍，就連每棵樹的後面都仔細檢查，還是啥也沒找到。

出發前，我特意跟邱葦寧確認好幾次位置，但她也只知道個大概，因為那口井她只去過一次，路並不是記得很清楚。

山貓設想了很多可能，比方說，會不會是有人用障眼法封住了古井，或者是我們根本就被鬼遮眼，或者古井其實已經被拆掉甚至填平……總之，我們把除了「被騙」以外的理由都想過一遍了。

到最後，連山貓都頹喪地坐在石頭上，一副生無可戀的樣子。我也很想休息，但看他可憐，還是自動自發地去找路，皇天不負苦心人，在其中一間房子的後方，我發現了鐵絲網的痕跡，撥開一看，果然後面有路！

「山貓，在這裡！」

我喜出望外，帶著山貓往樹林深處走去，裡面明顯棄置更久，芒草有半個人高，參天巨木雜亂無章地生長，看不出任何人為開闢過的痕跡。也難怪我們都忽略了，這根本看不出來是路啊！

我用蝴蝶刀一路劈開眼前的樹叢，忽然從中露出一道極陡的石階，往下延伸不知道多遠。要是有懼高症的人絕對不能走，就連我光是站在原地往下看，都感到一陣暈眩，還真夠隱密的。

石階旁有塊小小的木牌，楷體刻著「二坑嶺古道」。

終於看見古井本尊時，我差點感動得哭出來。

那道樓梯天殺的太殘忍了，想到等會兒還要再走原路回去，我就恨不得用滾的下山。我坐在地上槌打因為堆積太多乳酸而腫脹的小腿，山貓則休息一會兒後就開始研究那口井。

古井的外表就跟我見過所有的井一樣，沒什麼特別，上面還用木頭搭著小棚架，底座爬滿藤蔓植物，還開著紫色小花，周圍甚至有蝴蝶飛舞，好一個生機盎然。

「有發現什麼嗎？」我問。

山貓正把半個身子探進井裡，他說的話和回聲一起傳上來。「沒有。」

然後他走過來，一把搶走我的手機，打開手電筒往裡面照。我看他蘑菇了很久，忍不住過去一起看，井底即使有了手電筒的輔助還是很黑，可見非常深。

「只能親自下去了嗎……」

山貓喃喃地說著，然後轉頭看我。

「幹麼？我不要喔，我絕對不下去喔，晚上了欸！」

「可是……」

「邱葦寧都說得很清楚了，裡面現在沒有骷髏頭，到底下去要幹麼？」

我不想跟他抬槓，想再休息一會兒，轉身就撞見一張蒼白的臉。

正確地說，應該是兩張。

「啊啊啊啊妳們又突然冒出來！」

我瞪著眼前的邱葦蓉，她還是那種皮笑肉不笑的態度，跟姊姊完全是天差地別。

「你們怎麼這麼久才到！」她抱怨著。

「還好意思問，妳直接帶路不就好了！」

「我以為很容易啊，因為我現在都用飄的，早就忘記走路的感覺了。」

「閉嘴小屁孩。」

「欸，你真的不去井裡看看嗎？」

邱葦蓉指著井。「山貓先生已經下去了喔！」

我才發現山貓真的不見了，井上方的木頭架子多了一條綁緊的童軍繩，原來他有帶著工具……等等，他是不是把我的手機也帶進去了？

我跑去趴在井邊，對著底下大喊。「給我回來，你這混蛋墨鏡小子——！」

過了差不多十分鐘，山貓終於從井裡出來了。他全身散發著一股難以形容的味道，並不臭，反而是像某種中藥材一樣的香氣。

我跟邱葦蓉聚精會神等他開口，山貓表情凝重，像是發現了什麼重要的線索。他從背包裡拿出一件沾滿塵土的洋裝，說這應該就是邱葦寧說過的，被骷髏頭壓著的衣服。

邱葦蓉仔細檢查，隨後點頭。「的確是我姊的衣服……咦，這是什麼？」

洋裝裡面夾著紙條，山貓小心翼翼抽出來，上寫著邱葦寧的姓名，還有一組生辰八字，甚至連住家地址都有，非常詳細。

「我懂了，這是制人禁法！」

山貓突然說了一個從沒聽過的名詞，我們幾乎同時問。「什麼？」

「禁這個字有制止、制伏的意思，制人禁法，就是限制某人的行動的法術喔。只要寫下那人的生辰八字，包在他經常穿的衣服裡面，放在井底，用石頭或重物壓住，等到子時焚掉符咒，禁法就會生效！中了這招的人，元神會一路被拖到井裡動彈不得，很符合邱葦寧的說法。」

「但是有誰會知道她的八字？幹麼要這樣做？」邱葦蓉皺眉。

「先帶我去妳們外婆家吧！」

山貓把洋裝和那張紙都摺好，收回背包裡。

04

邱氏姊妹的外婆家現在沒有人住，雖然距離那起事件發生才短短幾個月，屋內情況卻比我想得更糟。

壁紙幾乎全部剝落，露出大片水垢和壁癌，家具也都因為沒有人清掃而覆蓋了厚厚的灰塵。室內的擺設就跟印象中古老的臺灣住宅一樣，有著精緻雕花的木造櫥櫃、神壇倚牆放置，映像管電視、竹編矮桌。藤椅放在客廳，電視旁邊有一份被撕過的日曆，日期停留在今年春天。

「好久沒來了。」

邱葦蓉走在最前面，看著屋內的情況，淡淡地說。我無法分辨她的情緒，因為那語氣跟新聞主播差不了多少，好像那只是一件跟她毫無關係的事情。

我跟山貓分頭搜尋，看看有沒有跟制人禁法有關的物品，我繞到應該是邱葦寧房間的地方，裡面東西不多，只有最低限度的家具跟生活必需品。我在牆上看到一張全家福，邱葦寧跟她的父母站在瀑布前，笑得很燦爛。

看似幸福的家庭在短短時間內支離破碎，對一個小孩子來說，未免也太過沉重。

「我姊看起來很開心。」邱葦蓉不知何時出現在我旁邊。「真是不公平。」

「什麼意思？」

「我是被拋棄的。」邱葦蓉臉上第一次出現明顯的表情，那是在生氣。「我爸把我送去給人家養，說這樣對我比較好，甚至連老家都不讓我回，也不讓我見媽媽。」

「聽起來真過分。」

「很過分！」她大叫。「雖然叔叔、阿姨對我也不錯，但是這裡才是我真正的家欸，竟然就這樣把我排除在外，連我媽失蹤我也是最後一個知道的……哼，不說了！」

邱葦蓉自顧自飄走，我又看回全家福，照片中的中年男人看起來不像是會拋棄女兒的人，會不會是有什麼苦衷？但也可能只是我的錯覺，畢竟人不可貌相。

走出房間沒看到山貓，繞了一圈才發現他躲在儲藏室裡翻箱倒櫃。

「你在幹麼？」

「東樺，看這個！」

山貓招招手，我好奇地走進去。山貓面對巨大的衣櫃，從裡面拿出一塊深棕色的長方形木板，外圍有簡單的雕花。雖然頗為粗糙，但依然看得出是神主牌，牌位上沒有刻字，中間是空白的。

「這就放在這裡？」

「對啊，我把衣服拿出來就看到這些東西，真有趣。」

山貓稍微退開，用手電筒照衣櫃裡面，竟然還有兩塊神主牌，一股木頭的香氣飄散出來。

我屏著氣息一看，這回上面有字了，兩塊牌位的主人都姓邱，是女性的名字，但表面被劃出好幾道刻痕，甚至都要斷了。

這是此生沒想過會看到的畫面，我什麼也說不出口。

接著，山貓又翻出許多塑膠袋裝著的衣服，他把袋子打開，一件件地檢查，我問他在找什麼？他翻開衣服內側，要我聞聞看，我一湊近，就聞到一股奇異的腥臭味。

「這是屍體的味道。」山貓低聲說。

「你們在幹麼？」

邱葦蓉又毫無預警地出現，半透明的身體從牆裡冒出來。

「妳來得正好。」

山貓把那兩塊神主牌給她看。「介紹一下，她們是誰？」

邱葦蓉一看，瞪大了眼。「這是媽媽跟外婆的名字！」

「妳們是跟母姓啊？」

「對啊，我爸是入贅來的，其實不只我爸，邱家世世代代都是招贅。」

「重點不是這個吧，活著的人怎麼會有牌位？難道她們已經……」

我說到一半，發現邱葦蓉神情有異，尷尬地把後半句話吞了回去。

雖然上頭的生卒年只寫了干支，但粗略一算，最少也是四、五十年前的事情，加上從木片古舊的程度來看，日期應該不是造假，也沒必要。但若是依照這個生日計算，這兩個女人若還活著，恐怕都超過一百五十歲了吧！

我能想出的唯一解釋就是，牌位供奉的並不是邱家姊妹的母親和外婆，而是另外兩個同名同姓的人。可這又產生新的問題，誰會把外人的牌位放在自己的房間裡？一般也不會故意取跟祖先一樣的名字，多彆扭。

「世世代代都招贅，還真是個奇特的家族。」

山貓邊說邊繼續翻櫃子，我不知道他在找什麼，所以我也打開抽屜走馬看花。

櫃子裡的東西包羅萬象，五金用品到電費帳單什麼都有。我把帳單拿出來，裡面夾著一張身分證，赫然就是神主牌上的名字，也就是邱家姊妹的母親。

詭異的是，身分證後面的出生日期跟神主牌是相同的，年份卻整整晚了三十年。

我不禁陷入了沉思，為什麼？這個女人到底是誰？她是姊妹倆的母親，這點無庸置疑，可是卻有兩個生日，一個算起來已經死了，一個算起來還可能活著……

腦子一片混亂，我實在不願意去細想那個最可怕的解釋——她根本就不是人。

我連忙把身分證收回去，關上抽屜。

「有了！」

這時，山貓驚喜地喊道，他手裡捧著一本滿是灰塵的厚重相簿，好像是從衣櫃最底層的抽屜裡翻出來的。我跟邱葦蓉都湊過去，就著手電筒的光線，相簿裡看起來都是很普通的家族照片，小孩的成長過程、父母親年輕時的樣貌等等……

「咦？」

山貓翻頁的手停了下來，說：「這頁好像特別厚。」

於是他撕開表層的塑膠膜，果然在幾張相片之下，還有一張照片被夾在中間！那也是張全家福，已經有點褪色，背景好像就是這間屋子，右下角的時間戳記顯示二〇〇九年。

相片中有五個人，並肩坐在木頭沙發上，坐在最左邊的女子，是姊妹倆的母親，神情僵硬地抱著一個小女孩。她旁邊是個男人，對著鏡頭溫和地微笑，抱著另一個小孩，那便是已經死去的父親。最右邊是個老太婆，直挺挺地坐著，同樣面無表情，應該就是祖母。

「我沒看過這張照片。」邱葦蓉說。

我問山貓。「有什麼特別的地方嗎？」

「非常特別。」

山貓指著母親要我們看。「她背後是不是有個架子？」

仔細看，真的有隱約像是支架一樣的東西，卡在她的脖子跟腋下，整個人彷彿是被撐起來的。

「這是什麼？」

我問，山貓沒有回答，指著外婆的背後，也有相同的支架。

「我猜啊，她們早就已經死了。這張照片裡看見的，不過是兩具屍體而已。」

山貓這句話，讓現場頓時陷入一片死寂。

05

「你在說什麼，怎麼可能有這種事！」

邱葦蓉十分生氣，但山貓不為所動。「要我證明給妳看嗎？」

「能證明就去啊！我最討厭空口說白話的大人！」

「這附近有沒有墓園？」

山貓問，原以為是個簡單的問題，卻把邱葦蓉考倒了，半天想不起來。這也難怪，畢竟她很早就被送走，照她爸爸的態度，都沒讓她回老家了，墓園更不用說。

最後，她惱羞成怒地說：「去墓園幹麼，你該不會要說我媽跟外婆被埋在那裡吧！」

「不然我們先下山，明天早上再來找吧！」我趁機提議。

「沒關係！」山貓瀟灑地大手一揮。「我們還有衛星地圖啊！」

「……喔喔，科學的力量真厲害。」

從空拍衛星地圖可以清楚看見周邊地景，如果有墓園當然很顯眼，太完美了，真是厲害的解決方案，我怎麼都沒有想到呢……才怪。

幹麼教他用手機啊，我想回家！我想睡覺！老子沒睡飽就看什麼都不順眼，比如山貓現在就像小黃瓜一樣討人厭。只見山貓滑了一會兒手機，真的被他發現墓園，位於更高的位置，垂直加直線距離不知道又是幾公里。

「好了，走吧！」

山貓開開心心地小跳步走了，邱葦蓉不服氣地跟上去，把肉身留在原地。沒了魂跟在身邊的肉身就跟屍體沒差別，我心臟再怎麼大顆也不想在大半夜跟這種東西共處，只好摸摸鼻子追在他們後面。

爬了半天的坡，月亮都高掛頭頂，才終於來到墓地。整座山坡放眼望去，是一整片大大小小的墳塚，有的只是黃土堆，有的則是修砌成莊嚴的石碑和屋簷。換成人類的感覺，就像是密集的集體住宅，而且還是貧民跟有錢人混在一起的那種。

「我想要確認一件事，所以得找到對應的墳墓，接下來就是見證奇蹟的時刻！」

山貓模仿某魔術師，高舉右手，另一手則從背包掏出兩塊神主牌！

「你把這個帶來幹麼！」

「這是重要的道具，怕你誤會我對死者不敬，我就勉為其難告訴你原因吧。」

山貓用很討厭的語氣說，這裡有成百上千座墳，一個個找太花時間，這時神主牌就派上用場了。神主牌上總會帶有主人的氣息，也就是所謂的「元神」。

假如把靈魂當成一種物質，那「元神」就是其最小單位，這些東西寄宿在人體每個角落，凡走過必留下痕跡。一個人經常使用的東西、常穿的衣服上面，都會沾染大量元神，就像是皮膚碎屑或髮絲那樣的概念。同理，元神在玄學中也有類似DNA鑑定的功能，道行高一點兒的人，只要看到元神就能知道其主人是誰，其他還有很多方式可以驗證。

「神主牌上的元神很多，雖然因為許久無人恭奉，氣息很微弱，但多少可以起到作用。」

山貓說著脫下手套，雙手捧著神主牌，朝某個方向前進。他戴墨鏡，所以我也不知道他在看哪裡，可是走在這密密麻麻的墳堆中間，居然完全不會擦撞到，頭都不用低，走得比我還要順，一點兒也不像是稍早那個嚷著「我穿皮鞋欸」的小鬼。

繞過了半個山頭，鞋底都快磨穿，山貓才停下來。

他來到的地點，不偏不倚就是一座寫著「邱氏」的墓碑正前方。

「哇靠，祖先牌GPS真厲害。」

我隨口一說，發現邱葦蓉的臉色不太對，她瞪大眼，連牙齒都不停打顫，伸出手指向墓碑上面的黑白照片。「那是……我媽媽……」

照片裡是個梳髮髻的年輕女子，穿著圓領上衣，淺淺地微笑著。

「妳說什麼？」

「絕對沒錯，照片裡面的人是我媽媽！不是什麼同名同姓的人！」

「冷靜，要確認她是生是死，把墳挖開不就得了？」
山貓用平淡的語氣說，我們都安靜了下來。
是我的錯覺還是這場面真的有點熟悉？不久之前我才從土裡挖出屍體，現在又要挖……我已經搞不懂自己的人生到底會變成怎樣，左看右看，在場也只有我有辦法幹這種體力活了。
「要挖墳，那鏟子咧？你該不會要我用手？」
「麻煩你了，秦老師！」
山貓笑著比了個「請」的手勢。
徒手挖墳的作業在我無聲的吶喊中展開。
過程中，土壤特有的氣味竄進鼻腔，裡面混合著生物屍體和腐爛的青草，時不時還能看見蚯蚓鑽出來，營養豐富又新鮮，每個人都應該嘗試一次，而且我他媽連手套都沒戴。
我決定以後誰要是惹我就帶誰去掘墳。
不幸中的大幸是，土比我想得還要鬆軟，觸感跟上回差不多，是不久前被人挖過的證據。我心越來越慌，一般不都說下葬要掘地三尺啥的，結果才挖沒多久，上了漆的棺材表面就慢慢露出來。
「好像有哪裡怪怪的……」

我用手掃去多餘的土，發現不是我的錯覺。「這是不是……有點寬啊？」棺材比正常看過的還要寬很多，幾乎可以裝得下兩個人。

「要打開嗎？」我轉頭問山貓。

「當然。」

山貓繞到我旁邊，蹲下來抬起一邊的棺蓋，我在心中默唸幾次阿彌陀佛，去抬另外一邊。

沉重的棺蓋被緩緩掀開，看見裡面的瞬間，邱葦蓉失聲尖叫。

棺材裡真的裝著兩個人，一男，一女。

邱葦蓉無力地跪倒在棺材前，失神地望著眼前的景象，顫抖著說：

「爸爸……媽媽……」

那兩具屍體，千真萬確是姊妹倆的父母。

「原來如此……」

山貓獨自露出恍然大悟的表情，看了看臉色慘白的邱葦蓉，說：「看來妳的家族大有來頭啊，真是不得了。」

對外人來講，只會認為邱家是以女性為尊的奇特家族，卻不曉得入贅的男人，都是去「冥婚」的。像這樣的事蹟，古今中外有很多，只是不被大眾所知。或者說，知道真相的人都活不長。

邱太太不是人，只是一個無法輪迴的鬼，她的母親、母親的母親，世世代代都是這樣。她們保存著自己的屍體，藉著喉頭的一口真氣，半真半假留存陽世。

人鬼疏途的道理誰都知道，要是越過了那條界線，會發生什麼事情？誰也無法預料。

因為陰氣影響，邱家只能生下女孩。

雙胞胎女兒一半是人，一半是鬼，所以她們的肉身和靈魂無法合一，這是邱家後人的特殊能力。

按理說，她們應該可以選擇用「人」的身分活下去，可因為長年與鬼魂共處一室，加上母親強烈的執念，她們的死期幾乎從出生就被決定了。

孩子出生後，牌位便準備好，這似乎也是傳統之一。一根筋的鬼，是沒有辦法忍受孩子離自己而去的，祂們必然會想要把所有的家人都「帶下去」，永遠生活在一起。

對邱家人這樣的鬼族而言，是死是生並不重要，因為死了以後只要屍體保存得當，照樣能夠留在陽間，像普通人一樣結婚生子。至於丈夫？理當也會睡在夫妻合棺裡，永無超生之日，這便是入贅邱家的宿命。

她們固執地相信著，這就是完美的生存之道，然而多少也明白，這是不被允許的。所以，小孩子在死亡之前都不會知道真相，從她們刻意把那張全家福藏起來，就能證明這一點。

於是，就誕生了這般悲劇的輪迴。

輪迴總要有結束的一天，只是她們肯定想不到，會是由邱先生親手終結。

不能讓女兒留在這裡，邱先生想必是這麼想的，可是有什麼理由能正當把女兒送走呢？如果一次送走兩個人，一定會被懷疑的，所以只能帶走一個。

對外的說法可能是姊妹倆的八字相沖，留在家裡對全家都不好，必須讓她們分開。於是邱葦蓉從小便被送到遠房親戚家寄養，她從養父母那裡聽說了這件事，一直認為父親拋棄了自己。

或許，讓她怨恨自己，也是邱先生的原意。

這樣的話，她便不會有想要回來的想法，離這個家越遠，對她反而越好。

不知道邱先生費了多大的勁騙過妻子，總之，計畫的第一步算是成功了；第二步，便是等到時機成熟，把妻子和岳母都殺掉。殺鬼和殺人的本質是一樣的，都得破壞掉要害。

人的要害是心臟，鬼的要害在喉頭，還有，「魂魄」本身。

一切都發生在那個晚上，為了不讓女兒受到驚嚇，邱先生動手之前，用制人禁法把她的魂魄支開。摔進井底後，邱先生替她固魂，讓她的魂魄與肉身從此合而為一。

我們沒有見到邱先生殺鬼的場面，不曉得他用了什麼招數，總之，現在屋子裡，已經感受不到任何鬼的氣息。

邱先生成功了，卻也賠上自己的性命。

「妳爸爸死前忽然跑宮廟，精神變得不穩定，搞不好就是去學法術的關係，正常人是難以承受那種壓力的。」

山貓望著那具女屍，她全身都布滿奇異的紋路，那便是被咒法燒灼的痕跡。這兩人會出現在同一具棺材中，恐怕是邱先生知道自己沒有勝算，喝農藥自殺後，以鬼魂的姿態繼續與妻子鬥法，最終同歸於盡。

「不可能……」

聽完山貓的說明，邱葦蓉猛搖頭，失聲道：「這全都是你的猜測吧，怎麼可能有這種事情！我媽媽是鬼、爸爸因為這樣死了？這未免也太荒謬了吧！」

「都能靈魂出竅了，卻懷疑我說的話？妳面前這兩具屍體，就是最好的證據。」

「你閉嘴！我不相信！絕對不會相信！」

「不相信也沒辦法，人死不能復生，要是不相信，我可以現在就觀落陰帶妳下去找閻王老爺理論。」

「煩死了，閉嘴！」

邱葦蓉氣得滿臉漲紅，一溜煙飛走了。

我說：「你這樣講也太直白了吧。」

「我只是實話實說。」

「你這小鬼，安慰邱葦寧怎麼就那麼溫柔——」

山貓沒理會我，蹲下來盯著女屍瞧，接著居然動手解她的衣服！

「喂，你在幹麼！住手！」

我嚇了一大跳，但也不敢亂動，阻止也不是，不阻止也不是。山貓把女屍穿著的襯衫解開兩顆釦子，她的胸口竟然像刺青那樣，有一個巨大的符紋，全身上下的紋路，彷彿都是由此處延伸出去的。

「真是有趣的符……」

山貓用他的摺疊手機拍了張照片，忽然，女屍的手抽動了一下。

我沒看錯，她真的微微地顫動起來，而且速度還越來越快！

「該死！」

山貓啐了聲，二話不說脫下手套，將手掌覆在符紋上。女屍的顫動卻變本加厲，數秒後她全身發出詭譎的綠光，周圍亮起一簇簇鬼火，天空黑得嚇人，甚至吹起了陰風。

光越來越強，山貓額頭滲出冷汗，渾身顫抖，但他仍咬著牙，不肯把手移開。

「不甘心嗎……那妳又可曾想過，那些被妳禍害的人們……的心情……這咒文是不可解的，妳就永遠待在這裡……感受痛苦吧……」

山貓齒縫間擠出這句話，字字都是像是面對仇人那樣狠。他的體力似乎已經達到極限，但那些鬼火仍圍繞在他身邊。我終於意識到，他不是不把手移開，而是動彈不得！於是我從後面架住他，用力把他拖走，「砰」一聲，山貓向後倒下，鬼火、綠光一瞬間全沒了。

只剩下死一般的寂靜，山貓大口喘息，墨鏡滑落到鼻頭，露出來的雙眼恍惚地望著女屍。

「剛才是怎麼回事？這傢伙不是已經被殺掉了嗎？」我問。

「即使魂飛魄散，也依然會留下幾絲執念，越凶狠的鬼，就越是如此。放心吧，執念已經沒有害人的能力，只能不斷在痛苦中輪迴。」

說罷，山貓停頓了下，他的聲音很小，虛弱得幾乎聽不見。「剛才跟她接觸的瞬間，我想起來了，東樺，這個符文，我認識。」

「什麼？」

「這是不道堂的禁鬼之符……邱葦寧的爸爸，去的宮廟就是不道堂！」

幕間．．某媒體人談邱家事件（逐字稿）

世界之大無奇不有，沒有虛假的故事，只有你不知道的真相！我是主持人趙智祥，又見面了，各位觀眾大家晚安！

今天要談的主題想必各位已經知道了，沒錯！就是前陣子鬧得沸沸揚揚的「邱家女鬼還陽滅門案」！

哇，這起事件真的太不可思議，實在是不得了啊！想不到二十一世紀的今天，還有這種幾乎百分之百真實的鬼故事，真讓我感動，哈哈。

其實呢，打從一開始我就知道，邱先生的死必定不尋常！

你們知道我的綽號叫什麼嗎？沒錯，就是「獵犬」！只要有獵奇事件的地方就有我，只要被我報導過的消息，百分之七十都會有爆炸性發展，算命的說我天生適合當媒體人，就是這個意思！

說回事件吧，我跟承辦的員警聊過，他說了不可思議的話——邱先生的屍體竟然在一夕之間消失不見！明明前一天晚上還躺在解剖臺，隔天卻憑空消失！當然這沒有對外公開，要是被社會大眾知道屍體還會爬起來走路，那可不得了啊！

那麼屍體去了哪裡，想必現在大家都已經知道了，沒錯！就是在邱家墓園的夫妻合棺中。

常看鬼故事的想必都知道，鬼娶妻、鬼嫁人這種故事，早已不新鮮，幾百年前的古人，就已經在寫鬼跟人生下半人半鬼的孩子這樣的小說了。可是我們總下意識認為這些都是虛構的，事實證明，非也！

你可能會覺得奇怪，人死就應該前往奈何橋投胎，為何會有鬼甘願流連人世？那是因為，「無盡的生命」向來都是人類最渴望的東西之一！投胎轉世有什麼意義呢？我這輩子打拚的財產、子女，投胎以後全都拜拜，跟我毫無瓜葛，這要人怎麼能忍！

鬼之所以留在陽間，正是因為祂們有放不下的執念！但是，世界畢竟很公平，照理說人死後會隨著時間越來越不像人，甚至變得聽不懂「人話」，只能說「鬼話」、看「鬼字」，這對那些人來說是絕對不願意發生的。

所以在歷經千百年的努力，有些鬼修煉成精，學會偽裝成人類的模樣，四捨五入就是有了無盡的壽命啊！具體是怎麼做的，這個我研究過，但不能說，生怕有人去模仿，不過，倒是可以稍微給個提示。

首先呢，祂必須具備完整的肉身，什麼叫肉身？就是你的身體，不能缺胳膊少腿，一定要完完整整。然後祂們拿各方小鬼煉成的「仙丹」放在喉嚨中，這樣一來便可騙過鬼差，偽造人類的身分！

喔……對不起，我太激動了，不小心又說了太多，哈哈哈。

其實我這次想說的重點，不是神祕的鬼，而是邱先生！是的，想必你一定也很好奇，區區一介凡人的邱先生，究竟是怎麼打敗修煉幾百年的厲鬼呢？根據可靠消息指出，他使用的竟是某種早已失傳的禁術……

你會問，既然已經失傳，那他是從哪裡學到的呢？嘿嘿，他學習那個法術的地方也非常神祕，講出來可能年輕的觀眾朋友們都沒聽過，甚至老一輩的朋友也很陌生——

是的，就是傳說中的不、道、堂。

這個地方最神奇的就是，你不管是網路還是報紙雜誌，找到的資訊都非常片面模糊，但，它是真實存在的！我這人從不說子虛烏有的故事，我用我的生命擔保，以下所言沒有半分虛假！

儘管一清專案（註3）結束後，不道堂就幾乎銷聲匿跡，但現在依然在黑白兩道之中都有影響力。

那麼做為一個宗教，他們供奉的神也非常特別，名叫「南無天先覺大慈大悲在世菩薩」！顧名思義，他並不是已經得道升天，而是確確實實活著的人！他是教徒崇拜的神也是教主本人，據說不道堂的大廳還有他的金身，光是看著就讓人膽寒

註3　一九八四年的「一清專案」是戒嚴時期由警備總司令部主導，依《檢肅流氓條例》、《組織犯罪條例》等衍生的全國同步大掃黑的治安政策之一，針對當時國內主要的幫派及流氓進行掃蕩。

哪。

教主俗名張坤山，父輩行醫起家，家境非常不錯，是個小少爺，從小養尊處優的他，卻在十五歲時迎來人生劇變。

原來他父親的醫院並沒有表面那樣光鮮亮麗，不僅被虧空公款，又爆出非法走私器材藥物、買賣器官等駭人聽聞的內幕。牆倒眾人推，醫院被迫關閉，父親獨自潛逃到香港，一夕之間家中背上鉅額債務，張坤山不得不放棄學業，出外工作。

然而有著極高自尊心的張坤山，是不可能像其他人一樣修車子、刷盤子的，所以他去工作的場所也十分獨特！

沒有錯，正是「道館」！

據說他是偶然在街上被某個新興宗教的教徒相中，說他有帝王之相，問他要不要一起修行？由於他從小就對成仙、成佛這類的故事有極高的興趣，甚至夢想著能當神，所以立即就答應了！

張坤山從此展開了在道館中修行的生涯，據說所有教徒都會被迫打開陰陽眼、將魂魄拉離肉身，成為能夠自由自在來往陰陽兩界、不受拘束的「法外之徒」！

大家要知道，照理說，活人不能擅闖陰間，就算僥倖進去，也難保不會被鬼差跟陰兵掃地出門。而他們之所以能夠無視這法規，正是因為攜帶了判官的令牌。

進入陰間就像是出國過海關，需要出示證明，而持有令牌就能暢行無阻。至於這令牌到底是從何而來、如何製作，則是永遠的祕密。

總而言之，數年過去，張坤山練就了能夠通曉一切過去、未來的超能力，成為超越人類的存在……

（到此，錄影忽然中斷，所有照明熄滅，攝影機全數當機，錄下的片段也無法播放，當天節目因此臨時停播。之後，主持人趙智祥連續高燒七天，面對媒體追問，他低調表示不願回應。）

第四站：地下國度

01

當初我問山貓不道堂的事，他的表現很奇怪，現在終於知道原因。

山貓行走江湖的期間，偶爾會聽見人家提起不道堂，但所有人都告訴他，那是個不正常的地方，不能靠近、不能探聽，是世上最接近地獄的所在。好奇心旺盛、不怕死的山貓，也曾試圖想找出它的入口，可惜從沒成功。

如果是平常，山貓可能根本不會想追究，但不知為何，不道堂這三字卻像是一團模糊而詭譎的烏雲，始終在心裡盤踞不去。

剛才觸摸到符文的瞬間，山貓想起了一些事。

禁鬼之符，是不道堂改良後的版本，而非自古流傳。他似乎曾在什麼地方見過，而且，他相當清楚那裡還藏有更多威力強大的符文，其中也包含與聻有關的法術。

不道堂，似乎對聻相當有研究。

這意料之外的收穫，讓山貓非常振奮，他激動地說一定要找出不道堂，能救活所有人的關鍵或許就在那裡。我說那不是很危險的地方嗎？他說，正是那種地方，才有可能出現轉機，以毒攻毒乃是上策。

此時，我腦海中浮現出一個頂著鳥窩頭的身影。

邱葦寧跟妹妹不同，聽完山貓的說明後，平靜地接受了這一切。她說其實很早以前就察覺不尋常，比方說都過了這麼多年，媽媽的面貌卻跟年輕時相差不遠，也不喜歡在白天出門。知道她會靈魂出竅，第一反應卻不是害怕，而是露出驚喜的表情。

這些癥兆都是因為她想要相信家人，所以選擇性無視了。

「知道爸爸沒有拋棄妹妹，我真的很高興，謝謝你們……真的，太好了……」

邱葦寧向我們鞠躬道謝，泣不成聲。

我問她之後打算怎麼辦？她說這幾天沉澱過後，有試著跟親戚聯絡，也找到了願意收留她的人。我說妳不會想跟妹妹一起住嗎？她笑說因為從小就分開，生活習慣、性格都相差太多，住在一起反而尷尬。

「而且，我妹妹可能還要很長一段時間才能接受事實吧。」

「那妳什麼時候回去？」

始終裝作不在意、躺在沙發上的山貓悠悠問道。

「明天就走。」

「別誤會，我不是在趕妳走。」山貓轉了個身。「不用勉強！」

「我知道你們都是好人，但是……我覺得我已經休息得夠久了，我不能一直停在這裡。」

邱葦寧的語氣堅決，難以想像跟當初奄奄一息的少女是同一個人，看她恢復得不錯，我也滿欣慰，只是莫名有點捨不得。

「如果那些親戚對妳不好，隨時都可以回來！」山貓甚至擅自替我做了決定，勾著我的肩膀。「我們當妳的家人。」

「哈哈哈，謝謝……」

邱葦寧笑了，開朗地大笑，看見她這麼有活力的樣子，我有點欣慰。第二天一起床，我們就看見她已經收拾好了行李，並向山貓保證會常常聯絡，瀟灑地離開。

山貓發現沙發上沒有人，叫了幾聲「妹妹」才想起來她已經離開了，表現得很是失落，想當初他還說要報警把人送走呢。

「不要難過啦，不是還有我嗎～」

我故意用噁心的語氣逗他，沒想到他竟然意外坦率地說：「是啊，幸好還有你。」

然後他好像知道氣氛變得很尷尬，又變回痞痞的樣子開始講幹話。他這幾天話特別多，而且坐立難安，我猜想應該是某種焦慮的表現。我說了會帶他去找學長，學長蒐集了很多不道堂的資料，他知道的鐵定比我們多。

那天倉皇離開後，我就沒有再跟學長聯絡，傳了幾次訊息沒回，打電話也不接。我猜想學長會不會又跑哪去探險，可他的腳也還沒完全康復，不太可能，所以他或許是故意不回的。我甚至直接殺去他家，卻撲了個空，誰也不知道他消失在哪。

數日後，學長終於來電。

『聽說你在找我？』他的聲音一如既往有點含糊。

「媽的，你死去哪了！手機幹麼不接？」

『回老家啦幹，手機剛好壞了。』

「真他媽巧，你回臺北沒，我有要緊的事要跟你討論。」

我隨便掰了個藉口，說有朋友想要當道士，想請教一些玄學相關的問題……學長立刻就答應了，他向來好為人師，說包在他身上。約好時間，我立即跟山貓報告這個消息，他整個人都開心了，就像是乾癟的海綿忽然吸飽水膨起來那樣。

大概是很久沒跟朋友聚會，學長似乎很開心，說會準備多一點兒下酒菜。果然我們到場時，學長真的擺好滿桌的小菜跟酒，而他本人早已醉茫茫。

「你就是山貓對吧？哇，真是一表人才，一看就是跟鬼打交道的料，還少年白髮，潮爆了……」

學長跟山貓勾肩搭背，說著奇怪的讚美，好在山貓也是自來熟，兩人馬上就聊起來了，根本沒我插嘴的餘地。我等得很不耐煩，聊了快一小時，居然連不道堂的「不」字都沒提到。

「喂，還有事情要問吧！」我推了推山貓。

山貓對我露出曖昧的微笑，我看不懂是什麼意思，大概是說他沒忘吧。我低頭滑手機，又過了幾分鐘，聽見山貓說：「學長，不知道你有沒有興趣聽聽我的故事？」

聊天的過程中，學長又喝了不少酒，他半睜著眼傻笑。「我最喜歡聽故事，你快講！」

於是，山貓收起不正經的態度，從他在旅館醒來那一天開始，緩緩說起自己的故事。他的語氣很平淡，就像是在說別人的經驗，替人除靈的趣事，這段時間跟我一起遭遇的種種，以及人們昏迷的真相，一五一十地說了。

學長起先還有點發睏，卻不自覺被吸引得正襟危坐，連我也聽得入迷。

這時，我忽然覺得有點違和感。

山貓究竟幾歲了？

他自稱已經旅行了快十年，可他看起來也不過二十多歲，這不就代表他十幾歲就被丟包在旅館？一個小孩子怎麼可能獨自旅行這麼久，沒有人懷疑、沒有人報警？

難道他是傳說中的娃娃臉，其實年紀根本比我大？

「原本我活下來，就是為了想知道自己是誰，但我現在有了新的目標。我想消滅所有的彌，讓他們醒過來，目前為止彌不會主動攻擊的人只有我，所以，這件事非我不可。」

山貓的聲音打斷我的沉思，他拿出手機，把符文的照片給學長看。「這就是邱家女屍身上的符文，我聽東樺說，你可能知道這是什麼。」

瞬間，學長的表情凍結了，手中的酒瓶摔碎在地上。

「不道堂……應該早就消失了才對……」

「這可是最近才發生的事。」山貓又湊近了一點兒。「請把你知道的全都告訴我。」

「給我回去！」

學長猛地站起來，我第一次看到學長這麼激動，有些嚇到了，但山貓卻毫無懼色。他也起身，脫下墨鏡，藍色眼睛冷得可怕，直盯著學長。

「目前已經知道，彌害怕我的眼睛，如果再加上不道堂的法術，那些被侵蝕的人們或許都能醒過來。」

學長低下頭，壓低聲音道：「你沒有發現嗎？」

「什麼？」

「在我的認知裡，彌對所有活物一視同仁，不太可能會有那種反應。祂見到你之所以退縮，說不定是因為祂生前認識你。」

山貓沒說話。

「聻經常出現在有標記的地方，你就沒有想過，聻可能就是你那個朋友嗎？即使你知道消滅聻的辦法，你下得了手嗎！」

山貓竟笑出了聲。「當然。」

「你怎麼能確定，你有辦法不留戀、不心軟？你怎麼有辦法肯定自己不會被祂蠱惑？能活著回來？」

「已經變成了聻，就表示祂死了，人死後不能復生，鬼死後也一樣。聻只不過是鬼留下的殘影，是離人類非常遙遠的東西，讓祂走就是給祂解脫，跟祂生前是誰沒有關係。」

學長語塞，他肯定正絞盡腦汁，想辦法說服山貓放棄吧。果然僵持一會兒後，他還是沒有改變心意。「我不能告訴你。」

「喔？」

「有些事情不能做，不是因為信仰還是什麼，而是那就是違反自然的行為，懂嗎？就像你不能憑肉身無視地心引力在天上走，也不能讓剛生出來的小雞一夕之間長大，也許以後科技更發達可以做到，但至少目前為止沒有辦法。」

學長的神情簡直清醒得不像醉鬼，我們都愣住了。

「不正常的行為不能做，也不能靠近，總有一天會出事。不道堂那種東西就是違反自然的產物，你要是接近它就只有兩個下場，被同化或者被消滅。救人的方式不是只有一種，不要拿命去賭。」

我想起邱先生，難道他的命運，從進入不道堂的那一刻就已經決定了？

「你不用替我擔心。」

山貓忽然說：「反正我活著也沒意思，就當找刺激嘛！就算失敗死了你也不需要有罪惡感，因為是我自找的，你完～全不用負責。」

這番輕浮的言論顯然沒能說動學長。「你說什麼？」

「我說，你不用替我的下場負責。」

「你這傢伙——」

學長接下來的舉動讓我下巴差點掉下來，他竟然狠狠踹了山貓一腳，讓他整個人撞上牆壁！

「你把生命當什麼了！」

學長激動得大吼。「我不想害人，我不想要再背更多的罪孽！我在不道堂裡親眼看著幾十個人被下蠱，但我卻什麼都做不到，你要我眼睜睜再看一個人去送死？」

我傻住了，差點咬到舌頭。「你、你怎麼會這麼了解？」

「因為我爸就是這樣死掉的！」

學長嘶吼，就像是要把數年來的委屈，全都發洩出來那樣。他充血的眼中泛起淚光，抱著頭，像個小孩子般蹲在地上大哭。山貓沉默地看著這一切，我注意到他的手也微微顫抖，然後他脫下手套，一片一片地，把酒瓶碎片拾起。

「對不起，我無法同理你的悲傷，但剛才我說的每一句都是真心話。我有想要完成的事，有想拯救的人，你如果不肯告訴我，我就去找別人。我會不厭其煩地去尋找，直到成功為止，反正我有的是時間。」

聽了山貓的話，學長好不容易止住的眼淚跟鼻涕，又大滴大滴掉在地板上，讓他看起來相當渺小。

過了一會，學長平復下來，從書桌底下抽出一張泛黃的紙條，我立刻知道，那是從那本被丟掉的筆記本中撕下來的。

「我本來真的再也不想談不道堂的事，但只有這個，我丟不下手。如果你真的有所覺悟，那就儘管去吧，我不攔你。」

學長兩眼充血，神情空洞。「記住，千萬不要讓他們對你下蠱。」

02

不管何種媒體，似乎都刻意封鎖了「不道堂」的相關資訊，學長會知道這個地方，是因為家族淵源。

他的父親是非常迷信的宗教狂熱者，簡直把玄學當成聖旨，但並非常見的佛教、基督教，而是那些不知從哪冒出來的新興宗教。

學長出生不久，父親就加入了某個靈修團體，認識不少研究超自然現象和符咒的怪人。那些人之中，有一個總是在宣揚「南無天先覺」的偉大，還說祂懂得讓死者復活的法術。

雖然學長父親沒有想要復活的人，但對這種神奇的事，很樂意親眼見識。所以他花了很多時間跟那人打好關係，終於讓對方答應帶他去供奉這尊神明的「不道堂」參觀。

從那以後，學長的父親就變了，不僅熟睡的時間變得很多，還會夢遊，外人跟他說話都沒反應，又經常喃喃自語，也常常請假沒去上班，最後直接被辭退。

學長覺得很害怕，可不管問父親什麼都得不到正常的回答，終於有一天，他決定偷偷跟著父親出門。

經歷一連串複雜的路途，父親走進了一幢名叫「不道堂」的建築物，外觀就像是普通的廟宇，卻散發出難以忽視的不祥之氣。

小廟裡別有洞天，是個像劇場般的構造，有兩層樓，二樓都是包廂，感覺上像是古典歐洲電影裡才會出現的。學長的父親熟門熟路走到一個位置坐下，學長不敢跟上去，蹲在最後一排椅子後方偷看。

座席幾乎都滿了，至少塞了一百多人，舞臺後有一塊巨大的投影布幕，放著風景照，兩個人站在前面。其中一個是穿著純白色長袍、戴眼鏡的鬍子大叔，很好說話的樣子。

接下來的過程，儘管過了許多年，學長依然記得一清二楚。

「……所以說，到底人，與鬼，有什麼差別呢？」

大叔似乎正在演講，和藹地問道，底下的聽眾窸窸窣窣討論起來。趁這時候，他把麥克風放在架子上，過去和一直站在舞臺角落的另一個人說話。那人是女的，打扮很特別，上半身穿著像古裝一樣的寬袍大袖，袖子幾乎要垂到地上，下半身卻是黑色短裙，配黑色過膝襪。髮型倒是普通的長直髮，只是後腦勺有個蝴蝶髮飾，花色十分逼真，就像是一隻巨大的蝴蝶停在頭上。

只見大叔對著她耳朵說了幾句，女生點頭，然後便走掉了。他回來拿起麥克風，接續剛才的話題。

「大家想到答案了嗎？其實，人與鬼之間並沒有差別，人只是比鬼多了一副軀殼而已，所以也可以說，人就是鬼，鬼就是人。各位不妨這樣想，我們人，一直被外在的軀殼所束縛，受困在塵世中，歷經各種苦難……這樣的痛苦，什麼時候才能到頭呢？沒錯，只有脫離了軀殼，解放靈魂，才能得到真正的自由。」

大叔說到這裡，停頓了下，聽眾都發出「原來如此」的感嘆。

「所以，我們不用害怕死亡，因為，死亡只是脫離軀殼的過程，就像是從蛹變成蝴蝶的蛻變，從蛹，到蝶；從人，到鬼，其實都是一樣的。甚至，變成鬼之後，才是真正的開始。」

說完，蝴蝶女從布幕後方回來，手中捧著一個玻璃箱，裡面似乎裝滿了活物。在大叔的指示下，蝴蝶女走到觀眾席，讓每個人拿一個箱子裡的東西。

「這是儀蟲。」大叔說：「太極生兩儀，兩儀生四象，四象生八卦，八卦再生六十四卦，而後便有了世間萬物。儀蟲便是這世上最原始的物種之一，牠們一旦交配，終生不換伴侶，雌雄連心。儀蟲的壽命非常長，甚至可活上百年之久，但數量卻非常稀少，為什麼呢？因為牠們太過弱小，有許多天敵，而且兩隻蟲不論距離多遠，雌的要是死了，雄的也會跟著死。」

蝴蝶女走到離學長稍近的地方，學長終於看清箱子裡的蟲子，是從未見過的奇異藍色，有點像螞蟻，但體型更大。每個人都拿了一隻儀蟲放在手心，似乎早已知道接下來要幹什麼。

「現在，請各位將儀蟲吞下，牠們都是已經交配完成的雄蟲，會在身體中生長，儀蟲不死，你們也能長壽。」

大叔說到這，話鋒一轉。「牠們的配偶保管在我這裡，若是有教徒違反規範將法術授與外人，我將會殺死你身體裡儀蟲的伴侶，這樣一來，便可保護不道堂。這是所有人都必須做的入會儀式，相信各位已經知道了。」

聽到這裡，學長已經完全無法思考。這是怎麼回事？這不就是下蠱嗎！這年頭竟然還能親眼見到，有這麼多的人自願被下蠱，而且，他的父親甚至就在其中！

所有教徒就像是被洗腦，一口吞下儀蟲。

看見父親將蟲子吞入腹中的畫面，學長尚未反應過來，蝴蝶女不知何時已經來到他的身邊，兩人四目相交！

「噓。」

蝴蝶女蹲下來，低聲說：「現在出去吧，我會當作沒看到你。」

「我、我爸爸在那裡！請妳讓我把他帶走！」

學長苦苦哀求，但蝴蝶女只是搖頭，指著出口的方向。最終學長在她冰冷的注視之下，慢慢爬出劇場，以此生最快的速度狂奔離開。

不管學長如何拜託，父親都不肯透露不道堂的事。

在那之後，學長查詢許多書籍、四處打聽，不斷地想辦法救父親，但沒有一個方法能平安無事將儀蟲取出來。

他也試圖再前往不道堂，卻都在接近前就被奇怪的人攔下，或者碰到鬼打牆，完全無法靠近。也不知道那天他成功闖入只是偶然，還是之後為了防範不速之客才加強戒備。

幾乎所有人都沒聽說過不道堂這個地方，只有一名長輩，說不道堂早在多年前就被警方殲滅，從此消失。

調查毫無進展，學長父親的狀態每況愈下，終於還是發生了憾事。

那年端午前夕的深夜，學長的父親不知為何出現在暗巷中，以刀刺殺一名黑幫角頭。行凶後，他搖搖晃晃走出巷子，隨後倒地不起，被人發現時已是隔天清晨，沒有呼吸、心跳。

事後雖有解剖，但沒有找到任何藥物或其他異常，最終以突發心臟衰竭結案。當然，也沒找到儀蟲。

只有學長知道真相，他相信這一定與不道堂有關，父親絕對是被那個傢伙害死的。只有他知道，不道堂肯定沒有消失，說不定，至今依然還在活動。

「喂，那個蝴蝶女該不會……」

我問山貓，他點點頭，想必也跟我想到同一件事。

邱葦寧被灃帶走，讓她穿上奇特的服裝，或許就是在模仿這位蝴蝶女吧。說不定，灃認識蝴蝶女，甚至祂就是本人……不過如果是這樣，不就代表蝴蝶女已經死了？但她對學長的態度明顯是比較好的，至少沒有當場把他抓來下蠱，這個女人究竟是誰？

距離真相只差一點點，一切的答案就在那裡，拯救人們的希望，就隱藏在最深的黑暗中。

失去重要親人的學長，原本就沒有什麼可以失去的山貓，竟會在不道堂產生交會點。

我想起山貓評論我家很有「生活感」時眉飛色舞的表情，他原本的家究竟在哪裡，有著什麼樣的家人，假如他們都還活著，有試著在尋找山貓嗎？這世界上，有正在等他回家的人嗎？

他究竟在想什麼呢？

那天離開學長家後，走在我身旁的山貓的側臉，在夕陽映照下，看上去不知為何有點落寞。

03

符籙的表現方式有很多種，有時大家會誤以為咒文只能畫在紙上，這其實是錯誤的觀念。只要結構正確，不管畫在哪裡都可以發揮效果，有些道行高深的人，甚至能在空氣中畫符。

學長給我們的去不道堂的「地址」，就是符咒的一種。

其實他第一次跟蹤並沒有察覺異狀。

父親把同樣的路反覆走過多次，繞去完全無關的地方，又花很多時間再折回來，他以為那只是防止被跟蹤的手段。但之後他又跟蹤幾次，發現父親每次繞的路都是一模一樣，就連順序都如出一轍。他也試過不按照這樣的繞路方式，直接去到那個地方，不道堂就是沒有出現。

經過多次實驗，學長終於確定去不道堂是「必須」要繞路的，除非按照正確的方向、順序走，不然永遠也到不了。而要是從地圖上來看，行走的軌跡恰好就是

「敕令」兩個字。

「這其實是障眼法的一種。」

山貓在車程中研究著學長給我們的筆記。「大概就像日本的都市傳說『前往異世界的電梯』那樣吧，只有順序正確才會打開的入口，這就是把人的行為當成發動符咒的媒介，很罕見喔。」

「聽起來還真方便。」

「這大概是世界上最好用的法術之一了，可惜我只會初階。」

「還有分等級喔？」

「初階主要針對活人，比如把障眼法施加在眼睛上，讓他看不見特定的東西。」山貓邊說邊扳手指。「中階則是針對物體，施加在物體上，能讓所有人都看不見那個東西。但要是體積太大就沒效了，也會隨每個人的功力有所不同，或許有人法力強到能藏起一棟房子。」

「那高階咧？」

「高階的障眼法，則是針對內心。」

山貓稍微靠了過來，低聲說：「比如說，我在你身上施加『看不見貓』的障眼法，你不僅看不見所有的貓，也會遺忘關於貓的所有事情，就連『貓』是什麼東西都想不起來。」

我車子差點打滑，連忙穩住方向盤。「靠，這太可怕了吧！」

「西方的催眠術也是類似的效果，本質上是同樣的東西，都是對心理下達暗示，所以要破解非常困難。除非施術者親自解除暗示，不然幾乎不可能再想起來的。」

「真的沒別的辦法？」

「有，比如說那個人受到了某種強烈的刺激，像車禍、自殺未遂、生離死別之類的。內心產生極大動搖的時候，再由旁人提醒他忘記的事物，想起來的機率就大多了。」

「這麼痛苦還不如不要想起來哩。」

「我不認為。」

「喔？」

山貓看我一臉莫名，笑著說：「總有一天，你也會有不惜付出任何代價，也想找到的事物。」

兩小時後，我們來到了目的地——晴天市場。

這還真是個異常適合鬼故事的地方，乍看像五分埔（事實上在全盛時期，晴天市場的確有「小五分」的別稱），其實面積更小、路更窄，而且明明是平日，卻幾乎沒有在營業的店家。

我們按照地圖上的指示，在狹窄的巷弄間穿梭，一步步用雙腳走出符咒。走完最後一個筆畫來到的地方，剛才有經過一次，我確定那時這裡什麼都沒有，但現在卻平空多出了一扇門。

「這就是障眼法的威力啊！」

我目瞪口呆。眼前是扇破舊的木門，原本似乎有油漆，但幾乎都剝落了，門板上還有大大小小的孔洞，不斷有風從裡面吹出來。門的高度比正常還要低很多，需要稍微彎腰，原本以為會上鎖什麼的，卻很輕易就打開，我跟山貓對望一眼，魚貫鑽了進去。內部當然沒有光線，所以這次我們都戴了頭戴式的照明。

「怎麼跟學長說的不一樣，不是說像小廟嗎？」

進門後，出現的是一道向下的樓梯，完全看不出哪裡是廟。

「或許廟就在樓梯下面。」

山貓倒是很樂觀，搶先一步噠噠噠地跑下去，我追在他後面，好幾次差點跌倒，這樓梯不僅陡還積水，看似很久沒有人走過。我心中希望的火苗正一點點熄滅，難道這裡已經完全廢棄了嗎？

大約下了七、八十級階梯，終於到達平地，出現在眼前的景象再次震驚了我。這竟是個巨大的地下洞穴，一座完整的廟就聳立在眼前，周圍橫七豎八裝設了許多鷹架還有工程機械，感覺是進行到一半就臨時停工了。

正如學長所說，廟宇正門的匾額，大大寫著「不道堂」三個字。

「這未免也太誇張了吧……」

我不禁沉浸在這壯觀的景色中，轉頭一看，山貓也呆然地望著匾額。

我問：「你想起什麼了嗎？」

「……不知道，但我有不好的預感。」他緩緩吐出這句話。

「要不要下次再進去？」

「都已經來到這裡，怎麼能半途而廢。」

山貓推了推墨鏡，朝廟裡跑去，大喊：「先走一步！」

「不准亂跑，好歹一起行動比較安全啊！」

我氣憤地跟上，進入廟的內部，首先看見的是尊大約有三公尺高的金色神像，模樣卻明顯不是世上任何一位神明，而是陌生的大叔。因為他蓄著絡腮鬍還戴眼鏡，哪怕穿著像是佛陀一樣的長袍，怎麼看都還是現代人。

「難道這就是教主的雕像？」

我抬頭仰望那張和藹可親的臉，不由得打了個寒顫，一想到有這麼多人把他當神明來拜就感到噁心。說什麼不道堂，其實就是邪教，以宗教名義吸收心靈空虛的人們，隨意利用、拋棄，完全只是為了滿足私欲。

這傢伙現在還活著嗎？

我想他應該已經死了吧，不然這裡也不可能荒廢成這樣。在我思索的時候，山貓已經不見蹤影，我只好在大廳裡四處亂走，順便找學長說的雙層劇場。

我看見很多破碎的玻璃還有木條，甚至彈孔，在在都顯示這裡曾經發生過一場惡鬥。

是同行火拚，還是警匪對峙？已經不可能知道答案，某些角落甚至有發黑的血跡、血掌印，即使現在並沒有鬼魂的蹤影，也不難想像曾有許多人喪命於此。

這是不該存在的地方。

繞了兩圈沒找到什麼，我又回到雕像前，意外發現有扇小門就在雕像正後方。這裡要是還在活動，教徒們應該是進不去的吧？我試著轉動門把，果然上了鎖，但已經生鏽鬆脫，我順手抄起一旁的鐵椅砸下去，門就開了。

裡面是個不過兩坪的小房間，堆滿紙箱跟鐵椅，難道只是儲藏室？裡面連鞋印都沒有，也找不到打鬥痕跡。我拆開紙箱，幾隻衣魚竄出來，裡面原來都是紙。稍微一讀，發現竟是教徒的名冊，每個人都有詳細的照片、身分證、姓名等資料，甚至連銀行帳戶、印鑑都有！

「這傢伙蒐集這麼多個資，不會也幹詐騙吧……」

我一張張翻閱，發現底層的資料有很多人都被寫上了「已故」的字樣，說不定學長的爸爸也在其中……冷冰冰的書面沒有寫他們去世的原因，說不定也是被迫捲入陰暗的紛爭，成為替死鬼、劊子手。

像這麼重要的資料，人去樓空的現在卻沒有一併帶走，堂主究竟發生了什麼？

好一段時間我都沒辦法把視線從資料上移開，我試圖從這堆文件裡尋找山貓，看看有沒有出現那雙藍色眼睛，但翻到最後也沒找到。

「再找找看吧……」

稍作休息後我又拆了一個紙箱，裡面滿是漆黑的橢圓形物體，仔細一看似乎是某種蟲子褪下來的殼。難道這就是學長說的儀蟲！但是這種東西怎麼會隨意被放在這裡呢，我感受到自己的心臟正劇烈地跳動著。

沙沙。

身後傳來聲音，我以為是山貓，頭也沒回。「你看，這裡有好多蟲殼！」

沒人回答，氣溫突然變得好低。

「山貓？」

我終於回頭，背後的確站著一個人，不，應該說……是鬼！

但這傢伙沒有像之前遇過的鬼一樣不由分說攻擊，而是靜靜地站在那裡，舉起雙手擺出投降狀。雖然我沒有辦法很清楚看見祂，只有個模糊的輪廓，依然能看出祂少了一隻左手小指。

「秦東……樺，你的……時辰已……到……」

鬼斷斷續續地說著，可祂沒有散發出那種異常的恐怖，完全感受不到惡意。

「你想幹什麼？」

我站起來，佯裝鎮定，卻撞到身後的置物架，發出響亮的「砰」一聲。那隻鬼依然沒有動作，明明說著如此驚悚的話，卻沒有要取我性命的意思，我內心七上八下。

「你的時辰……已……到……」

祂慢慢朝我靠近，輪廓終於變得清晰，祂大約四十多歲，身穿花襯衫和粗大的金項鍊，中長髮梳成大背頭，加上缺少的小指，百分之百就是流氓黑道之輩。或許是這副打扮太過顯眼，讓人忘記祂是鬼的事實，看上去反而不怎麼可怕。

「你沒辦法說別的話嗎？」

祂似乎沒有敵意，我便嘗試跟祂溝通，沒想到祂忽然伸出雙手搭在我的肩膀上，然後一頭往我的額頭撞上去。

「哇！」

瞬間我感覺到一陣刺骨的疼痛，就像活生生把腦袋剖開一樣，兩眼直冒金星。我痛得在地上打滾，好不容易才恢復意識，睜開眼，發現自己已經離開小小的儲藏室，來到一個白茫茫的奇妙空間。

這裡只有兩張椅子，花襯衫鬼就坐在其中一張椅子上，蹺著腿對我笑。「好了，來這裡就能好好講話啦！」

聽見祂講了別的話，我真的被嚇到。「哇靠！原來你可以跟我溝通！」

「當然嘛可以，不過只能『附身』啦，不然別人根本聽不懂！你還是第一個不怕我的人咧，給你一個讚囉！」

花襯衫講話果真很有江湖氣口，祂比我想得還要親切，但，我竟從祂身上感受到跟山貓相似的氣質。

「呃……所以我現在的狀態是被你上身了喔？」
「嘿啊，你是昏迷狀態，我只能在這個時候跑到你大腦裡面跟你講話，等你醒來我就會被趕出去了。」
花襯衫用腳尖指指另一張椅子。「坐啊！」
我認命地坐下，反正有一籮筐的事想問。
「喔，這麼乖？」花襯衫露出有如漫畫人物般的滑稽表情，揚起眉毛。「我叫石斑，生前是不道堂的打手，請多指教哈。」

04

「不道堂的……打手？」我對這個詞彙感到陌生。「所以你們真的是披著宮廟皮的黑道？還是批著黑道皮的宮廟？」
「都有啦、都有啦。」
石斑擺擺手露出嫌惡的表情，感覺應該不是在客套。
「所以你想跟我說什麼？」
「也沒什麼想說的啦，只是看到你太開心了。」石斑做出擦眼淚的手勢。「對啦，那個『時辰已到』就是我寫的啦！」
「果然是你！到底幹麼要這樣做，還有為什麼你會知道我的名字啊！」

「我去過你家啊，你電費帳單攤在桌上，不小心就看到了。」
「……」
怎麼跟想像中不太一樣，還以為祂是用了某種法術之類的。
「先說好喔，等下你一醒來，看到我的話要馬上就逃，因為那時候我就沒辦法控制自己了，會做出什麼事來也不知道喔。」
「什麼意思？」
「你知道紅色高跟鞋對不對？我算是祂的……」石斑思索著用詞。「祂的機動部隊啦。」
「我一個字也聽不懂。」
「就是說我是被祂控制的狀態，平常都沒辦法自由行動，只有在這種電波訊號比較弱的地方可以附身在別人身上，講我要講的話，懂了嗎！」
「操，你跟那傢伙是一夥的？」
我又警戒起來，恨不得馬上把這傢伙從我腦中趕出去，但完全不知道該如何清醒。
石斑像沒注意到，不停碎碎唸。「唉，我生前吼，最喜歡講的話就是『你的時辰已到』，結果死掉以後居然就只能講這句，真的是累死我……」
「你寫的標記害死了多少人你知道嗎！」我壓抑著情緒說。
「欸欸欸你不要賴給我喔，我也是被逼的啦！我是陰時陰月陰日生的衰尾道人，所以我的血比較特別，可以聚集陰氣。那個女的……高跟鞋啦！祂就強迫我到處幫祂聚陰，我也不想對老百姓動手啊，可是我根本反抗不了祂，不然你要我怎麼辦！」

這事情也鬧得太大了吧！都已經死了還有辦法造成社會問題，電影都不敢這樣演吧……我擰著眉心，強迫自己接受這個事實。也不是說我對這些死去的人沒有半點憐憫、關心，然而比起這個，還有更要緊的疑問。

「聚陰是什麼意思？」

「祂要把整個臺北，甚至整個臺灣都變成凶煞之地，這樣一來祂就想去哪就去哪，不會再受到任何束縛。祂具體要幹麼我也不太確定，但聚集越多陰氣，祂就越強大，搞不好直接就變成地獄鬼王，把閻羅殿都掀起來。」

「……所以你附身在我身上，是為了要我幫忙你擺脫那傢伙嗎？」

「不是！怎麼可能！」

石斑搖頭，一副我這問題很搞笑的樣子。「因為很難得可以講這麼多話，我就順便解說一下你可能很好奇的事情，哈哈哈……」

「所以你想要我幹麼，不是有求於人的話沒必要附身吧！」

「好問題！」

石斑馬上切換成嚴肅的表情。「秦東樺，你給我聽好，等等你醒過來馬上帶著山貓逃走！」

我這時才意識到，祂就是山貓的那個朋友！
「操，就是你把山貓丟包在旅館的！快解釋清楚到底怎麼回事！」
「不要問那麼多啦，等等我會試著把這裡的符咒破壞掉，這樣就再也沒有人能進來了！」
「蛤？為什麼？我們好不容易來到這裡——」
「聽我的就對了！我跟那傢伙的事情以後再說，但是山貓一定要離這裡遠一點兒！」
石斑大吼，幾乎在同時，白色空間開始震盪，景象就像是套了雜訊濾鏡一般扭曲起來。
「你要醒來了！記得喔，快點離開這裡！」
石斑的聲音越來越遠，我的頭開始劇烈地疼痛，耳鳴不斷，意識就像是被關上的電源般斷訊了。
「……樺！東樺！」
我睜開眼睛，山貓的臉就距離我不到三十公分，他手裡拿著棒棒糖，憂心忡忡地問：「你是怎麼搞的？」
話都還沒說，山貓就把棒棒糖塞進我嘴裡，橘子口味，好甜。
「叫了你好幾聲都還沒醒，你這是被鬼附身的症狀啊！快補充點糖分，有助於穩定心神喔。」

「鬼……對了！」

我把棒棒糖吐出來，猛然想起剛才在純白空間裡石斑說過的話，差點要跳起來，手腳卻軟綿綿地使不上力。

「休息一下吧，這裡已經沒有鬼的氣息了。」山貓溫柔地說。

「我剛剛……見到標記的始作俑者了，我想祂就是你的那個朋友。」

我扶著還微微疼痛的太陽穴，急忙把情報告訴山貓，努力還原剛才的對話。

「祂要我趕快把你帶走，千萬不要再回來，還說祂被紅色高跟鞋控制，所以沒辦法按照自己的意思行動。」

「祂叫什麼名字？」

山貓興奮地湊過來，我幾乎可以看到他墨鏡後面的眼睛也閃閃發亮。

「石斑，梳大背頭、穿花襯衫戴金項鍊，很像古惑仔，喔，還少一隻小指。」

我邊說邊觀察山貓的反應，他卻忽然冷靜下來，一直沉默著。好不容易碰上「朋友」本尊，卻已經人鬼殊途，甚至無法溝通，他肯定百感交集吧。他要求我再說一遍石斑的事，我又重複了一次，他聽得很認真，似乎正拚命想捕捉關於石斑的記憶。

我等候著他會不會想起什麼，可他一開口，竟然是完全無關的話題。「剛才你昏倒的時候，我發現了一個有趣的地方，想看嗎？」

我應聲，於是他帶我離開儲藏室，順著大廳旁邊的樓梯往上走，出現像高檔會館那樣鋪著紅地毯的走廊。

「東樺，你知道嗎？」

「什麼？」

「我以前好像來過這裡。」

「幹，真的假的？」

「明明一點兒印象也沒有，我卻很自然地能知道，哪一扇門後面有什麼。」

他淡淡地說，語氣似乎透著懷念，難道是石斑帶他來的嗎？

樓上同樣也有彈孔，不過比較少，兩側牆上掛滿相框，大部分裡面的相片都不見了，相框也已經破碎。少數倖存的則都是幾十個人排排站的團體照，後面寫有不同的標語，看似是教徒集體去做公益活動或什麼節日餐會之類的紀念照。

「就是這裡！」

山貓打開其中一扇門走進去，裡頭是辦公室的樣子，有一看就很高級的皮椅跟紅木董事桌，背後則是滿滿的獎狀與獎杯被鎖在玻璃展示櫃裡。除此之外還有許多叫不出名字的飾品，雜亂地堆在牆邊，難以判斷所有者的品味。

地上有塊雷射雕刻的三角名牌，上面滿是刮痕，寫著，堂主張坤山。

「這裡是堂主的辦公室？」

「重點是，我發現了寶物！」

山貓繞到桌子後面，從抽屜裡拿出一串亮晶晶的東西，竟然是許多鑰匙。有了這個，整棟不道堂就隨我們暢行無阻了。

我又想到石斑的警告，祂要是變回被譚控制的樣子，回來趕我們走怎麼辦？從剛才到現在，都還沒找到跟譚有關的線索，就這樣回去也太不甘心了吧！

頭都洗下去了，我不管了。

「你想先去哪裡？」我把石斑的事丟到一邊。

「嗯……這裡有地下室的鑰匙，一般來說有趣的東西都會藏在地下室，電影都是這樣演的。」

「好，走吧！」

我拍拍臉頰，隨山貓離開辦公室。他照例跑在我前面，我則是快步跟著，順便再看一眼那些照片。起初我只是想找找有沒有石斑的身影，所以，當看見那雙藍色眼睛時，完全沒有辦法反應過來。

在一張背後掛著「第七屆慈善晚會」的紅布條的照片中，山貓與石斑站在一起，在最角落的位置。不同的是，石斑看起來年輕很多，好像也還沒被斷小指。沒戴墨鏡的山貓外貌跟現在一模一樣，然而是黑髮，他抿著嘴、垂著雙眼，一副心事重重的樣子。

這張照片拍攝的日期，是三十年前。

不可能。

山貓不像邱家人一樣，不管從哪個角度來看都是貨真價實的人類，他身上感覺不到陰氣，不會像邱家姊妹那樣會靈魂出竅，拿著法器也不會受到傷害。這都是他活著的證據。

但是，為什麼？他怎麼會出現在這張照片裡？石斑認識他，是在這個時候嗎？他們以前都是不道堂的手下嗎——

「東樺，怎麼了？」

山貓發現我沒跟上，從走廊另一端跑回來，我下意識想把照片擋住，反而顯得欲蓋彌彰。

「有什麼特別的嗎？」

山貓推開我，想湊到那張照片前，我立刻揪住他的後領。「我們快去地下室吧！」

「可是……」

「快走就對了！」

我也不知道自己為什麼會這樣做，只是覺得，無論如何都不能讓他看到那張照片。

「到了，就是這裡！」

幸好山貓沒再過問照片的事，順利來到地下室門前。他拿著鑰匙，跟我對視一眼，小心翼翼地將鑰匙插入鎖孔，卻忽然停下不動了。

「幹麼？」

「我總覺得……不能進去這裡。」

我有點訝異。「你想起什麼了嗎？」

「我不知道。」

山貓的手似乎不太聽使喚，他用另一隻手按住自己，低聲道：「我好怕。」

我沒想到會從他口中聽見「怕」這個字，本想取笑他幾句，隨即發現他說的是實話。

墨鏡遮住了他的眼神，但他渾身不停顫抖、咬著下唇，看起來就像個脆弱的小孩，讓人莫名有點心疼。

我試著從貧乏的詞彙庫中尋找替他打氣的話，最後只說了：「你要是想放棄，我們也可以馬上回去，等你做好心理準備再來。」

「我不想回去，東樺，我不想回去……自從我來到這裡，我就不斷聽到有人在對我說話，腦海裡有很多聲音，我應該不認識，我不可能會知道這些事……」

「你冷靜點！」

看他這樣，我也跟著慌起來。我拚命告訴自己不會的，不會是那樣的。山貓不會是不道堂的一分子，我一定是誤會了。都說是慈善晚會，參加的人必定來自三教九流，山貓跟石斑即使認識，也不代表他就是不道堂的一分子。

我重整呼吸，拍了下山貓的背。「安啦，我在啊！」

「……」

山貓停止了顫抖，彷彿夢醒一般望著我，又猶豫了很久，這才視死如歸地轉動門把。

伴隨「喀噠」一聲，塵封多年的鐵門被打開了。

裡面一片黑暗，什麼都看不見，我們打開手電筒，發現這裡並沒有太多裝潢，只有鋪上簡易的地板，牆、天花板都像是開鑿到一半就被廢棄的礦坑那樣，粗糙的岩層裸露在外。

空氣中飄舞著星星點點的灰塵，視野範圍極小，但這空間似乎相當大。隨處可見木箱、紙箱、甕以及堆疊的磚瓦，地面上布滿一灘灘不知名的黑色汙漬。箱子裡裝著很多日常用品，有吹風機、電鍋、掃把，搞得像是二手拍賣會。

這裡沒有鬼的氣息，卻不斷有怪異的風聲，聽起來就像是許多人的哭泣，說不定，這裡發生過比樓上的槍戰更殘酷的事情。

我在角落發現一張破爛的鐵床，沒有床墊，只鋪上一塊木板，當然也沒有棉被。床頭的欄杆上掛著一副生鏽的手銬，我蹲下來仔細觀察，手銬與欄杆之間有許多摩擦的痕跡，是曾被囚禁的人掙扎過的證據。

這到底是什麼地方？

我猜不出用意，忽然發現床底下似乎有個小盒子，原來是個陳舊的鐵盒，原先應該裝過餅乾之類的點心。盒子已經生鏽，費了一點兒勁才打開，裡面有厚厚一疊被鐵絲串在一起的紙，跟一枝削得短短的鉛筆。

我一看，愣住了。

每張紙上都寫著日期，看樣子應該是日記，內容卻總是同一句話。

4.20 今天實驗沒有成功。
4.21 今天實驗沒有成功。
4.22 今天實驗沒有成功。
4.23 今天實驗沒有成功沒有成功沒有成功沒有成功沒有成功沒有成功沒有成功。

無論翻過幾頁，都是一模一樣的句子，越到後面日期不見了，字跡越潦草，足以窺見日記主人當時的精神狀態。

我迅速翻到最後一頁，還是只有一句話，然而，內容變了。

我想得到幸福。

哐！

有什麼東西碰撞的聲音將我拉回現實，我猛地抬頭，拿手電筒照去，看見山貓的背影站在不遠處。

他的手電筒掉在地上。

「你在幹麼啊，不要嚇我……」

我嘆了口氣朝他走去，發現他好像有點不對勁。

「山貓？」

我喚了聲，沒反應，連忙衝上前搭著他肩膀。「在看什麼啊，那麼認真？」

但當我發現他手裡捧著的東西時，幾乎無法呼吸。

那是一個小小的相框，裡面是兩個人的合影。

一個是張坤山，他面露和善的微笑，一如所有照片中的那樣。

站在他身旁，低垂著頭的人，就是山貓。

比現在年輕一點兒、稚嫩一點兒，眼神裡毫無光彩的山貓。

相框裡外的兩雙藍色眼睛，相隔數十年後，終於在此刻對視了。

最壞的猜想，終於還是應驗。

山貓的表情僵硬得可怕，嘴裡似乎在喃喃自語著什麼。

「喂，別看了，我們快走吧！」

再這樣下去不行，我扯扯他的手臂，卻被一把甩開。

「不要碰我！」

我猛地愣住。

山貓狠狠瞪著我。

眼前這個人不管眼神還是說話的口氣，都不像我認識的他，就好像少年忽然長大成人那樣，神情中有說不出的滄桑。

「你恢復記憶了嗎？」

「滾開。」

山貓咬著牙，吐出兩個字。

「不該是這樣的……石斑說得對，我不應該來這裡……」

他看著我，卻不像是在對我說話，忽然他跪倒在地，發瘋似地扯自己的頭髮。

「我所做的一切都錯了，壟是不該存在世界上的東西，是我、是我的錯，不該是這樣！不可能不可能不可能不可能！」

「山貓！」

我從後面架住他，卻輕易被掙脫，他似乎完全沒聽見我說話，又撿起相框，死死抱著不放。

接著，他忽然開始大笑。

「哈哈……哈哈哈……」

悲涼的笑聲迴盪在偌大的地下空間，令人毛骨悚然，我不由得放開了手。

他搖搖晃晃站起來。

「都過了這麼多年，他們早就不在了，這樣，我豈不是連怨恨的對象都沒有了嗎……」

他的笑聲漸漸轉為哽咽。

「原來……我是為了求死，才活到現在的啊……」

他摘下墨鏡轉過臉，露出悲傷的微笑，一滴淚水自眼角滑落。

「東樺，祂們一直都躲在暗處等待我的到來，等我想起一切。」

「他們……是誰？」

「因我而不得超生的靈魂。」山貓閉上眼睛。「現在時候到了。或許你不信，但這世上的確存在這因果業報，我過去造的孽，現在是償還的時候了。」

「你——」

我正想說點什麼，卻硬生生梗住了。我注意到山貓身後似乎出現了許多東西，看起來像是無數的蒼白鬼影，祂們伸出手環抱山貓的腿、腰、脖子，幾乎將他整個人覆蓋。

在這樣的情況下，山貓卻彷彿未覺，只是平靜地朝我揮了揮手。倏地，我的身體竟不由自主地動起來，彷彿被無形的絲線牽著走似的，倒退再倒退，迅速遠離了現場。

「喂，你這什麼意思啊！」

我就這麼一路被拖到樓上、廟宇外面，上樓梯回到小門前。我還想說什麼，木門被「砰」地關上，手光是碰到就有如觸電般刺痛，徹底隔絕了門內的世界。

「你給我出來！」

我改用腳踹門，卻只是更讓自己痛苦而已，這時，山貓的聲音居然直接在我腦海中響起，就像是透過無線通訊在與我說話一樣。

『東樺，謝謝你這段時間的照顧。』

「山貓？」

『所有的悲劇皆因我而起，我必須把祂們消滅，不是為了弭平我的罪惡，而是唯有這樣，才能讓一切結束。』

「你想幹麼？不要做傻事啊！喂！」

『等等可能會有地震發生，這裡已經不安全了，你得快點離開。』

「那你怎麼辦！」

『我從一開始就註定是個空白的人，即使找回過去，也什麼都沒有改變。』

「不要再說了！山貓，給我回來！」

『所以我非常感謝你，住在你家的時間，我很開心。像我這樣的人，原本就沒有資格擁有幸福，能有這樣的經驗，我已經心滿意足。』

我發不出聲音，找不到任何可以回應這段話的語詞，混亂的腦海裡，只有一個念頭。

不准走。

『東樺，或許我們的緣分就到此為止了，但要是還有機會的話……』

滋滋——

山貓的聲音被一陣雜訊中斷，我的耳膜劇烈地疼痛，但我沒有放棄與他溝通。

「閉嘴！我是自願的好嗎，好歹讓我盡一份力啊！不要講得一副要永別的樣子！回來！絕對還有別的辦法，你沒必要這樣！」

然而，不管我如何嘶吼都得不到回答，山貓的聲音徹底消失，我再也感覺不到他的氣息。

我無力地跌坐在地。

幕間：平凡的夜晚，悠長的夢

山貓做了一個很長很長的夢。

家裡的水龍頭壞了，關不上，停不了。他站在那裡，愣愣地看了許久，這才恍如大夢初醒一般，用雙手堵住出水口。大量的水從他的指縫間溢出來，噴得他渾身溼透，他的頭髮、臉、衣服跟褲子都溼了，視線也變得模模糊糊。

他知道是時候把手放開了，但不知為何就是做不到，他不想放開手，哪怕這雙手什麼也抓不住，哪怕所有東西都會從他手中溜走。

他的意識很清醒，他知道這樣做是不對的，只是白費力氣。但夢中的自己，仍固執地想用雙手停下水流。最後怎麼樣他不記得了，只知道回過神來，自己坐在床上，一直在哭，窗外大雨滂沱。

他捂著臉，將嗚咽悶在掌心，但淚水仍順著臉頰滑落。他又做了徒勞的事，這世界上多的是雙手擋不住的東西，他一直都是知道的。

眨眨眼，時空再度轉換，他回到廁所裡茫然地看著鏡子，覺得這張臉相當陌生，他有多久沒有好好地看自己的臉了？

有個念頭在腦海裡盤旋不去。

想要得到幸福。

這是他唯一，也是最後的願望。

但是幸福究竟是什麼？他也不知道，想像中的幸福模糊而溫暖，令人有點想哭，有著懷念的味道，他希望能找到一個這樣的地方。

那天在山崖邊，面前是他最熟悉的人，也是他最痛恨的人。這十幾年來囚禁他、對待他如牲畜的人啊。他的人生，他的一切都在那裡，而身後除了黑暗的深淵，什麼也沒有，他知道，只要往後一步，必死無疑。

「真是傲慢啊。」

張坤山的聲音悠悠地飄進他耳裡。

「你以為你離開這裡，能夠有所謂的『正常生活』嗎？你製造的齋殺了人，沒弄髒你的手，你就沒有責任了嗎？」

不是這樣。

是你們逼我做的，我根本不想殺人！

「你那是什麼表情？」張坤山冷笑。「別一副委屈的樣子，這事情是你做的，這是事實，不會有人原諒你，不會有人相信你說的話。你必須承認，離開我，你哪也去不了，你無法在外面的世界活下去。」

然後，中年男子露出和藹的表情，對他伸出手。

「來，回家吧。」

他愣住了，那、個、地、方是他的家嗎？原來欄杆圍著的小門、生鏽的鐵床、腐朽的木製桌椅組合而成的空間，是他的家啊。

在不久之前，在他理解「家」的意義之前，說不定他會感激涕零地跟著張坤山走，但是，他已經不再是無知的傀儡了。飛翔過一次的鳥，是無法再回到籠子裡去的，他有想要追求的東西，比如……

身後那片藍天。

「我不要。」

他感覺自己的聲音在顫抖，張坤山似乎早料到他會這麼說，沒有生氣也沒有驚訝，只是溫和地笑著。

喀噠。

後方的黑衣人紛紛拿出了槍。

「有些人的命運早已註定。」

張坤山的聲音迴盪在幽寂的山谷裡。「即使你成功逃走，也無法擺脫過去犯下的罪，你的人生已經毀了，這世界上，只有我可以救你。」

山貓慢慢地把腳往後挪，感受到腳跟已經懸空。

槍口捕捉到這細微的動作，迅速對準他的心臟。

「我給你選擇的機會，現在回頭還來得及。」

我不回頭。

打從認清你真面目的那一刻起，我就決定了不會回頭。

砰！

火光炸開，同時，他兩隻腳都離開了地面。

他在飛速下墜，天空很藍，幾塊細碎的雲朵飄浮著，讓他想到第一次去地面上的時候，石斑請他吃的麵疙瘩。後來他終於能自己外出，想再去那間店，卻聽說老闆過年時走了，自殺的，在家裡過了好幾天才被發現，他的家和店面成了無人敢靠近的地方。

真想再吃一次啊。

他閉上了與天空相同顏色的雙眼，然後是尖銳的耳鳴，到了夢的終點。

沒有下雨，沒有寒冷，這是個清爽到有點不真實的夏夜。

山貓睡在秦東樺的沙發上，嗅到陳舊皮革還有報紙油墨的氣味，老舊的電風扇嗡嗡轉著。電視沒關，被轉了靜音，畫面中是播到一半的綜藝節目，穿著光鮮亮麗的藝人們無聲地大笑。

剛才好像做了夢，但已經不記得了。來到秦東樺的家之後，山貓經常做夢，只不過總是在醒來之後忘個精光。他知道自己一定是夢見過去了，可是為什麼想不起來，就好像大腦本能在抗拒回憶似的。

他起身到浴室漱口刷牙，出來的時候瞄到秦東樺房門底下透出燈光。他走到門前，聽見裡面傳來打字的聲音，想要敲門，手都舉起來了，猶豫半晌，又默默放下。

算了，也沒什麼想要說的。

他轉身就走，門卻被忽然打開，秦東樺頂著蓬亂的頭髮跟黑眼圈。「你在幹麼？」

「睡不著，起來散個步。」

他隨口說道，秦東樺邊打呵欠邊問：「我想弄泡麵來吃，你咧？」

「什麼口味的？」

「三杯雞。」

「好啊！」

山貓開心地跳上矮凳乖乖坐著，秦東樺苦笑了下，走進廚房，不久後便端著兩碗冒著熱煙的泡麵回來了。

「筷子自己去拿，靠，好燙。」

秦東樺一屁股坐在沙發上，拿起其中一杯吃了起來。山貓沒有馬上動作，他看著秦東樺，泡麵的熱氣氤氳了墨鏡，讓他眼中的世界變得模糊不清。

「看我是會飽喔！不吃就算了啦！」

秦東樺居然注意到他的視線，伸手要把泡麵拿回來，他連忙阻止。「大人饒命！」
笑得是如此諂媚，或者說……變態。
「快去！」
秦東樺用腳踢了踢他，他連忙去拿了雙筷子，回來坐下，嘴角一直掛著笑。
「那麼開心啊？」
「東樺，我發現了另一種把泡麵變好吃的方法。」
「加芒果還是醬油膏？」
「都不對，是跟你一起吃。」
叩！
秦東樺手中的筷子掉了，眉頭扭曲在一起，全身泛起雞皮疙瘩。
「你那什麼反應，我是認真的！」
山貓怕秦東樺不相信，脫下墨鏡，嚴肅地看著他，反而換來一陣爆笑。
「操，你發神經是不是，這樣真的很恐怖，快戴回去，哈哈哈……」
「我跟你講真心話，你居然這樣對我？」
「你繼續講啊，我又沒阻止你。」
「……」
山貓不說話了，兩人邊看電視，邊沉默地吃著泡麵，秦東樺很快就吃完了，但他也沒收拾，就這麼在沙發上打盹。山貓猶豫半晌，緩緩靠過去，在他身旁坐下，喊了幾聲都沒反應。

「東樺，你不回房間睡的話，我要去睡你的床了！」

「嗯……隨你便……」秦東樺呢喃，看來是半夢半醒。

山貓嘆了口氣，又等了一會兒。「你知道嗎？」

「嗯……？」

「我最近常常在想，等事情都弄清楚了，我還可以做些什麼呢？總不能一直賴著你吧？所以，要是真的能找回自己的過去，我就好好安頓下來，不要住廢墟了。」

「不錯，呵呵……」秦東樺也不知有沒有聽進去，還回答了。

「然後再買輛車，四處兜風，沒有目的，就只是為了旅行而旅行。」

「喔……」

「到時你也一起去吧，把邱妹妹也叫來，就我們三個，想玩多久都可以，好不好？」

「好，好……」

「約好了？」

「嗯……」

秦東樺頻頻點頭，接著便傳來鼾聲。電視還是開著，窗外似乎下起了小雨，滴滴答答的，聽著很舒服。

山貓也閉上眼睛，吃吃地笑起來。

是的，大部分的夢境他都忘了，唯有一個念頭清楚記得。

想要得到幸福。

這一次，他一定要親手抓住，哪怕會粉身碎骨。

第五站：那傢伙的過去

01

我似乎睡著了，不知道過了多久，醒來的時候天色已經泛起了魚肚白。我花了一會兒才想起來剛才發生了什麼鬼事，猛地站起來，正想再敲一次門，忽然瞄到門縫底下有東西在蠕動……

「靠！」

我整個人跳起來，那是一隻老鼠，正確地說，是老鼠玩偶。

髒兮兮的玩偶像是有生命般掙扎著短短的四肢，好不容易從門縫裡擠出來，用它黑亮的玻璃眼珠看著我。

「喂，我明明叫你帶著他快逃，你幹麼不聽啊！」

老鼠發出大叔的粗獷聲音，我愣了一下。「你是石斑？」

「對啦，恁爸好不容易找到這個尪仔可以附身，反正有種石斑就叫老鼠石斑嘛，差不多啦哈哈哈！」

「你笑個屁，山貓還在裡面！」

「廢話，我就是來找你說這個的，攏你害的，我那麼辛苦讓他忘記這些事情，你把他帶回來，害他又全部想起來啦！」

石斑氣得跳腳，雖然以老鼠玩偶的樣子來看毫無殺傷力，換我不合時宜地笑了出來。

「再笑把你頭轉下來，皮給恁爸繃緊一點兒！」

「咳，抱歉，所以現在要怎麼救山貓？」

「救個屁，以我對他的了解，他絕對是想要跟灃同歸於盡啦！你現在闖進去，穩死！」

石斑跳到我肩膀上，伸出毛茸茸的前腳揪住我的耳朵。「快點開車逃跑，邊走邊聽我講哈！」

石斑第一次見到山貓，恰好是小年夜。

不道堂並不是地下唯一的建築物，眾所周知，老蔣曾經在臺北各地都挖了用於逃命、作戰的地道，裡面甚至有房間、廁所等生活設施。這些未能派上用場就作廢的地道，在他作古後，開始有越來越多不被社會接受的人去那裡生活。

全盛時期，臺北的地底宛如另一個國度——不僅有住家，販賣日常用品的商店到走私槍枝、毒品、妓院，幾乎無所不包。那是個不受現行法律控管的地帶，地方政府默許交由黑道治理，是黑色利益的溫床。

那裡生活的人自然不是普通老百姓，除了黑社會，大多是通緝犯或者沒有戶籍的偷渡客、非法移工等，比起金錢交易更常以物易物。而在那裡出生的孩子，因為落後的醫療設備與極其惡劣的環境，經常活不過十歲，甚至剛出生就被棄置路邊。

不會有人去救這些孩子，大家都是自顧不暇的人，光是想活下去就用盡全力，不可能為了別人分享珍貴的生存資源。

可是，張坤山不一樣，身為不道堂堂主的他，就像是整個地下國度的皇帝，只要他想，沒有做不到的事。

那天石斑跟張坤山要回不道堂的路上，在廟口發現了瘦骨嶙峋的山貓。那時山貓還沒有名字，至少已經七歲，身形卻像四、五歲的小孩一樣，明顯營養不良，加上長期缺乏日照，皮膚蒼白得可怕。他的手腳有許多不同器具造成的傷口，有的都已經發炎化膿，他奄奄一息跪在廟前，雙手合十對著正廳的黃金神像祈禱。

像這樣的小孩很多，大部分是被丟來這裡的，張坤山通常會要石斑把他們趕走，所以那天石斑很自動地上前趕人。

「喂，你擋到路了，滾開！」

石斑大吼，男孩轉過頭來，他才發現這小孩居然有一雙藍色的眼睛，卻是亞洲面孔。這裡什麼國家的人都有，性關係也混亂，誰知道他是混到哪國的血統？反倒是混血兒被養這麼大，還長得這麼漂亮的真是罕見。

「等等。」張坤山阻止了石斑，他彎下腰來，看了男孩的面相和手相，露出滿意的微笑，問：「想不想來我這裡？」

男孩遲疑了會兒，點頭。

石斑起先不清楚張坤山為何一反常態決定收留他，後來才知道，男孩跟他一樣，都是稀有的極陰體質。對無視自然法則遊走在陰陽兩界的不道堂來講，這樣的人才可遇不可求。

從那天起，張坤山收留這個孩子，並給了他一個綽號「青目仔」。

青目仔跟石斑不同，石斑的工作是會見血、會弄髒手的，青目仔則是以「殺鬼人」做為目標被培養。聽起來很籠統，鬼已經死了，還能被「殺」掉嗎？事實上，在那時還沒有人知道答案。

張坤山始終在追求的都是法則的極限，他想知道陰間之後是否還有陰間，世界之外是否還有世界，因此他實驗的對象就是取之不盡、用之不竭的「鬼魂」了。傳說中鬼死後會變成「聻」，那是所有的鬼都懼怕、超越一切的存在。要是能掌控聻，就等於掌控了鬼，張坤山有著自組陰間軍隊的野望。

當然這些內幕，青目仔都是不知情的。

在那個世界，什麼樣的事都有可能發生，青目仔總是很安靜，從不追問緣由，別人要他做什麼他就做什麼。即使被粗手粗腳的大哥當成跑腿的、出氣筒來使喚，他也從不吭一聲。

因為那是他人生的全部，他只知道，這樣做便能活下來。

石斑很清楚，像青目仔這樣的小孩，一輩子沒離開過地下，他們不知道太陽是什麼樣子，也沒有見過天空。因為沒有所謂「正常的人生」可以對照，他們不懂得要如何反抗，這裡發生的一切，就是他們的日常。

「喂，要不要跟我出去？」

至今，石斑都很後悔私下把青目仔帶到地面上。

要是他沒有發出這樣的邀約，青目仔或許就不會對外面產生渴望。但是他那時並沒有想這麼多，他只是看見青目仔就想起自己早亡的弟弟，他想看一看小孩的笑容，以此忘卻自己所生活的世界有多麼殘酷。

石斑瞞著張坤山帶青目仔「出去玩」，那年青目仔已經十歲了。第一次見到陽光的少年相當吃驚，目瞪口呆地看著巷弄間狹窄的天空。他牽著青目仔有些過於瘦小的手，帶對方去吃了一碗麵疙瘩，有群剛放學的小學生背著書包笑鬧著跑過，青目仔問：「他們怎麼都穿一樣的衣服？」

「去學校就要穿制服啊。」

石斑隨口回答，卻忘了青目仔是不可能去上學的，別說戶籍，他連個像樣的名字都沒有啊！青目仔卻來了興趣，一連問了很多問題，他可能偶然聽人提過「學校」，卻不清楚那是什麼樣的地方，知道原來地面上所有的小孩都得去上學，他露出欲言又止的表情，望著小學生們跑掉的方向看了很久。

他是第一次見到吧，那麼快樂、穿著那麼乾淨的衣服的小孩子，跟自己完全不一樣。

石斑想，還是不要再說下去了。

「今天帶你出來的事，不准跟任何人說！」

他這麼警告道，青目仔點頭，彎起嘴角笑了。

那是石斑第一次看他笑。

後來，他又好幾次帶著青目仔出來吃飯、逛街，他真的有一瞬間以為，這樣的生活會永遠持續下去。

02

青目仔十八歲那年，終於獲得去地面的許可，然而大部分時間，他總是跟著張坤山或石斑進進出出，見到的都是些道上人物。他不被允許自由，外出只有一個目的，就是學習更多知識，想辦法將鬼殺死、證明陰間的存在。

地下有個巨大的洞窟做為實驗的場所，藏有幾百個「魂罈」。魂罈跟骨灰罈基本上是差不多的東西，只是一個裝骨灰，一個裝鬼。魂罈是很久以前人們煉丹用的，當時相信將活人的魂魄融入丹藥中可以增加成功率，不知道因為這樣害死多少人命。

青目仔喜歡對著魂罈裡的鬼說話，對沒有同齡朋友的他來說，那些鬼是最佳的傾聽對象。被裝在罈中無法動彈的鬼魂們很喜歡跟他聊天，盼著打好關係，哪天就能被放出去。

可惜，獲得自由的日子終究沒有到來。

鬼魂們一個接一個被用於實驗，用什麼樣的法器、施咒的力度，甚至儀式的時間、地點、氣候都會造成不同的結果。那些鬼有的失去曾經為人的記憶，有的少了某些器官，有的甚至已經看不出人的形狀。

但，沒有一個鬼成功變化成聻。

僅有的文獻記載中，聻沒有形體，也沒有自我意識，會憑依在物體上活動，不斷重複相同的行為，並吸取活人的精氣。所以實驗室中準備了各種造型大小不一的物品，木造人體模型、衣服、玩偶等等，為的就是讓新生的聻有附身的目標。

就這麼枯燥地研究著，青目仔二十歲了。

那天，他和石斑接到一個特殊的任務，前往某棟住商混合大樓，在那裡放一把火。這本來是石斑的工作，可張坤山卻要求他得在場。想想就知道其中有詐，石斑有不好的預感，可也不敢反抗，帶著青目仔前往目的地。

那棟大樓比想像中老舊，以前似乎也發生過火災，這次目的是燒毀大樓，強迫住戶遷出，還是想用大樓裡的居民當人質要求什麼？石斑想不透，他不喜歡這種目標不明確的工作，總會節外生枝。

「你不要怕哈，這種事我幹過好幾次，反正放火的人是我，你只要看著就行了。」

石斑拍拍青目仔的肩膀，後者點點頭，拿出墨鏡戴上——從獲得外出許可後，他在外面都會戴墨鏡，以免藍色眼睛太過引人注目。

青目仔跟石斑潛進大樓，在頂樓，他們看見了一名被繩索五花大綁在椅子上的女人，頭部被麻布袋套著，看不出長相。由於頂樓早已被封鎖，住戶不會上去，才能這麼毫不掩飾地被丟在走廊上吧。

女人動也不動，也不知道是掙扎得累了還是被下藥失去意識，她穿著樸素的裙裝，腳下踩的卻是豔麗的紅色高跟鞋，顯得相當突兀。

地板已經澆上汽油，只要點燃火苗，這裡瞬間就會化為一片火海。石斑拿出打火機，然而在這之前，青目仔從口袋掏出幾張符咒，唸了一段咒語，燒起藍色的焰火。

「你——」

石斑不可置信地看著青目仔，這才知道自己原來始終被蒙在鼓裡。

這是目前為止最大手筆的一場實驗，現在，青目仔點燃符咒的並非自然界的火，而是燃燒自己的元神而成。

這樣的符咒只能久久用一次，因為會大量消耗壽命，點起的火也與正常不同──這是由自身壽命為代價的詛咒，除非施咒對象死亡，否則不會止息的火焰，又稱冥火。

這是世上最陰毒的咒符，一旦出手，目標必死無疑。

二十歲的青目仔已經擁有控制冥火的能力了，他費了很多精力才學會，不過，他覺得不虧。

從活人變成鬼，再從鬼變成聻，過程應該是要連續的，只能一招斃命。失敗過無數次，他覺得癥結肯定在這裡。雖然過去也做過類似的實驗，但效果總差強人意，他認為是自己的法力還不夠強。

如今，時機成熟了。

假如鬼真的能「死去」的話，冥火就應該能殺得死鬼；如果在女人變成鬼之後，火焰就熄滅，代表聻只是幻想中的產物，並不存在。

青目仔把全部的希望都賭在這次實驗上，他揮舞手中的符咒，冥火逐漸遍布整個空間。炙熱讓女人清醒過來，她很快發現自己的處境，在椅子上不停掙扎號叫，卻連人帶椅倒在地上，從布袋底下發出含糊的尖叫，想來應該是被堵住了嘴巴。

看著這一幕，青目仔忽然升起一種奇怪的心情。

他覺得自己好像不該這麼做。

明明他甚至不認識這個女人，對他來說，眼前的人只是實驗用的道具。就如同人們不會關心路邊小石頭的過去一樣，道具是用過即丟的、可替換的、沒有必要投入感情的東西。

但，為什麼？

冥火越燒越大，兩人聽見樓下傳來住戶們的聲音，於是石斑趕緊點燃打火機扔到地板上，與青目仔趁亂離開現場。下樓時青目仔回頭看女人最後一眼，火已經攀到她的全身，她的四肢痛苦地蜷縮在一起，幾乎看不出人形。但麻布袋被燒毀，露出了她的臉，她的眼神與其說是痛恨，不如是疑惑。

為什麼是我？

然而，沒有人能夠回答。

離開大樓後，石斑接到一通女友姊姊打來的電話，說妹妹今晚沒有回家，說是要去約會，但是手機一直關機，不知道有沒有在他那裡？

石斑愣住。「她沒來找我啊！我今天根本沒跟她聯絡！」

『你騙鬼啊，她還穿一雙紅色高跟鞋，平常絕對不會穿的，不是去見你還會有誰？你把我妹弄到哪裡去了？』

面對質問，石斑什麼話也說不出口，因為他想起剛才那女人腳下穿著的，就是紅色的高跟鞋。

他轉頭，錯愕地看著已經成為火海的大樓。

完了。一切都完了。

他完全無法思考，第一個浮現腦海的念頭居然是昨天見面時，女友對他說的毫無意義的情話，還有那些對於未來過於美好的幻想。他們說好了還要去新開的遊樂園，還要去看那著名演員的新電影……

熊熊的火光，燒灼著石斑的心臟。

怎麼可能……怎麼可能？

石斑恍惚地朝大樓走去，忽然，有誰拉住了他的衣角。

「石斑哥，不要過去。」

青目仔淡淡地說，隨後不解地問道：「你為什麼要哭？」

石斑摸了把臉，才發現自己早就淚如雨下。

他沒有回答，沒辦法回答。他這輩子做過太多錯事，他早該知道自己不可能擁有平凡的愛情，但是，為什麼？為什麼是她？明明她什麼也沒有做，為什麼死的不是他！

「我查到的資料發現，成為蠹的鬼必須懷抱足以成為厲鬼的冤屈，所以最好選擇無辜的、善良的人下手。這次的實驗品，是堂主替我找來的，我覺得成功的機率很高。」

青目仔望著頂樓，低喃：「不知道她生前……過著怎樣的人生？」

03

實驗成功了。

青目仔製造出了世上第一隻蠹，那之後他又如法炮製，不斷製造更強悍、更成熟的蠹。因為受到建築物的結界限制，他們無法帶走紅色高跟鞋，後來製造的場所都盡量選擇開放區域，或者即使拆除也沒有人會注意的空屋，讓那些新生的蠹能夠暢行無阻。

青目仔自始至終都不曉得女人的真實身分，石斑沒有告訴對方。他早該知道的，這是一幫為達目的連自己的親手足都能利用的混帳，這是個沒有未來、看不見光明的地方啊。

但是石斑不可能離開那裡的，他體內被下了儀蟲，自由對他而言不過是個奢望。與他不同，青目仔並沒有被下蟲，他是修行的人，必須保持體內絕對的純粹，不可植入外物。

石斑沉浸在悲傷中的時候，青目仔的內心也漸漸地起了變化。他知道了製造蠹的方法，但是然後呢？他頓時失去了人生目標，感到極大的空虛和不安。

尤其是實驗品死前的眼神，仍時不時出現在他的夢裡，好幾次他驚醒過來，才發現自己在哭。

有記憶以來，他就很少哭，上一次哭是什麼時候？他仔細回想，在來到不道堂之前，他在哪裡、過著怎樣的生活？他似乎是有親人的，有個面貌模糊的女人，似乎是他的母親，或者不是，他不在乎也不記得，只是印象中，女人總是在笑。

很溫暖、令人眷戀的笑。

陰暗的街道角落，下雨的夜晚，女人抱著他，蜷曲在由紙箱跟塑膠布隔成的簡易空間中，對他唱一首不知名語言的歌。

這些記憶怎麼會忽然冒出來？這麼長的時間，他從未回想過，應該說每次試圖回想，總會感覺腦海中有道屏障，將過去的他與現在間隔開來。但是這天，屏障驟然碎裂，潮水般湧出的記憶壓得他喘不過氣。

「……」

女人似乎對他說著什麼，好像是要他笑一個，他笑的話，女人那雙盈盈的眼也會彎起來，這讓他感到很安心。

「有一個地方能夠接納我們，在那裡，就不用受苦了，我們一起去吧……」

女人這麼對他說，抱著他來到地下，這便是一切的開端。後來女人怎麼樣，他不記得，無論如何也想不起來，某天起床他便找不到人，隱約知道，此生是再也無法見面了。

生離死別總是發生得如此突然，在他的生活中，是再平凡不過的事，所以他從來不過問原因。

來到不道堂的第一天，張坤山燃起香，在他周身繞了幾圈，然後將一張奇異的符咒貼在他額頭上。

「不用害怕，這只是簡單的障眼法……眼睛閉上，很快就過去了，之後你會忘記一些不開心的事情，讓我們重新開始吧……」

原來如此啊。

因為被施了法術，他才什麼也想不起來，看樣子，這法術總算是失效了！他感到思緒無比清晰，忽然有好多的為什麼想問，有好多想見的人、想做的事……

正如那穿紅色高跟鞋的女人，臨死前用盡全力地詰問，為什麼是她呢？為什麼她必須為了實驗而死呢？這樣真的是正確的嗎？

青目仔第一次害怕了，他不停嘔吐，噁心的感受揮之不去。他一直以為自己做的事是「正常」的，他以為這樣的生活就是幸福，從未想過沒有不道堂的人生。

莫非我的人生，還有其他的可能？

神啊，告訴我，我來到這裡也是正確的嗎？是命運嗎？

他只是聽說張坤山能夠幫他，跟著對方就能有飯吃，所以來了。如果不是張坤山，那麼他早已成為實驗室裡的亡魂之一，他對張坤山有著無比的敬畏與感謝。

但是，不該變成這樣。

我拚命活下來，不是為了得到這種結果！

想起一切的那天，青目仔下了一個決定，他要逃走，逃到沒有人知道的地方，徹底擺脫過去……

「所以，你就幫他逃走了？」

我開著車，趁石斑停下來的空檔，好不容易插上話。

「差不多啦……只是逃到一半就被抓包，本來想說從這裡逃到山上跟接應的人會合，然後再走水路到國外。結果堂主帶一群人把青目仔逼到山崖，也不知道他怎麼想的，竟然給我跳下去……」

「媽的，他跳崖怎麼還活著！」

「你就當是他福大命大太陽大，我也不知道！」

石斑坐在副駕駛，怕小小的棉花身體飛出去，還特意繫上安全帶。

「所以他活下來之後咧，你養他？」

「沒有，他被一個什麼茅山術的高人撿去養了，一待就是二十年，差點就要拜入師門翻孤夭貧的碟子（註4）。」石斑重重嘆息。「那老師父也不知道用什麼方法把他救活，從此他就不會變老了。」

「靠，我就當你在講聊齋，然後咧？」

註4 據說有志當職業命相師或學術法的人在入門拜師時，於「孤、貧、夭」中必須三選一立誓以領。方式就是在瓷碟下面蓋字，分別為孤、夭、貧。抓到「孤」字，一生孤苦無依；抓到「夭」字，早年夭折；抓到「貧」字，窮苦一生。

「然後喔……」
石斑似乎不太願意提起這段過去，欲言又止，最後還是跟我說了。
政府改朝換代後的肅清，讓地下國度的存在首度被證實，不道堂內部也因為張坤山病重開始動盪，各方勢力蠢蠢欲動。內憂外患夾擊之下，某天張坤山叫來石斑，要他找出青目仔，並把人殺了，絕不可以心軟。
他知道青目仔還活著嗎？石斑心頭一緊，佯裝鎮定問為什麼。
張坤山說，他知道那小子沒死，他命可硬了，是絕對死不了的，沒有給他種下儀蟲是自己此生最大的錯誤。他枯槁的手握緊拳頭。青目仔離開後，堂內再也沒有能成功製造噬的人，勢力大減，當時的張坤山早已算出自己生命大限，知道再無翻身之日。
但即使如此，他也得讓這個背叛他的人永世不得超生才能瞑目。
聽完這番話的石斑，前腳離開不道堂，後腳就飛奔去青目仔跟老師父的蝸居。
這幾年他並沒有直接跟青目仔聯絡，只是偶爾會遠遠地來看對方一眼，看見青目仔過得好像不錯，心中就充滿酸楚。
隨著時間過去，那股不快越來越鮮明、具體。
這小子憑什麼。
石斑無數次都想殺了青目仔。

這小子害死我此生唯一的愛人、讓我背上罪孽，他卻總是有特權，體內沒有儀蟲，只要他願意，逃走並不是難事。那我呢？同樣都是殺人，他有比我高尚？只不過一個會見血，一個不會，兩者之間還有什麼區別！

說到底，他憑什麼擁有這樣平穩安逸的人生，甚至擺脫歲月的侵蝕，我卻只能低聲下氣在這地獄裡打滾？

石斑握緊手中的槍，這一天終於還是來到了，他會讓這一切結束！他推開破舊的大門，鄉下地方總是不鎖門的，誰都可以自由出入，這樣毫無防備的作風，更讓石斑火大。

「出來！」

石斑大吼著，朝室內連開數槍，見臥室裡有個人影，他衝了進去，二話不說扣下扳機。

砰！砰！砰！

鮮血噴湧而出，染紅石斑的視線。

倒在他面前的人不是青目仔，而是老師父，臉上的表情是那麼錯愕，根本搞不清發生了什麼。

一陣寒意襲上腳底板，石斑手中的槍掉落地面。

殺人對他而言是稀鬆平常的事，除了第一次開槍，他就不曾害怕過。但現在，衝動過後的石斑猛然冷靜下來，發現自己在哭，一如愛人死去的那天，眼淚不停往下掉。

「石斑……哥？」

身後傳來熟悉的聲音，青目仔茫然站在門口，面貌依舊清秀，一如二十年前。

「……所以，我先把他迷昏，然後帶他去找會用障眼法的道士。」

石斑慢慢說完了故事。「之後的事……你應該知道。」

我點頭。

「在消除記憶之前，青目仔忽然醒來，第一句話是要我殺死他。他說老師父讓他吃下丹藥，變成不老不死的怪物。」

「世界上真的有那種丹藥啊？」

「什麼都有，你想得到的都有。」石斑看著窗外。「那個老頭也不是什麼好東西，妄想違背天道的人，不能靠近。」

「然後呢？」

「青目仔說他不想這樣，他什麼都不要，但求一死。那老頭想成仙，好像只是把他當成試藥用的白老鼠，所以才把他變成無論怎樣都死不了的身體。他等於是被軟禁在山裡，被迫吃下各種丹藥、承受不同的副作用，雖然不會死，但痛苦一點兒也沒少。」

我無言地聽著，車裡只剩石斑叨叨絮絮地說話。

「我才知道原來我誤會了……他過得根本沒有那麼美滿，但即使這樣，他也從沒忘記過我，還說很感謝我讓他離開不道堂，直到最後他都還把我當成大哥，操……我沒有回答，又讓他睡了一覺，忘記所有的事情。我為他做這些也沒辦法贖罪，我都知道，但是不做點什麼，我會更良心不安……」

老鼠布偶的聲音在哽咽。

「我現在真的非常後悔，到死都還是後悔……要是我早點去找他，要是我早點醒悟，就不會變成這樣……」

我沒說話。

石斑繼續著他們的故事。在送走山貓後，他把病榻上的張坤山殺了，原本他打算亡命天涯，卻再次被暗算，遭到警方逮捕。他向警方提供了許多情報，本以為這樣可以換取減刑，好讓他回去處理青目仔的事，沒想到依然被判處死刑，在數年前槍決伏法。

他說，這樣的結局是最適合他這種人的，打從踏入地下國度起，就註定不可能安穩活過一生。

在那之後，不道堂四分五裂，根據地也不同了，存活下來的殘黨不時出現在奇妙的宗教聚會中，打著教人法術的名義斂財。遺址拜這些傢伙所賜，保養得還不錯，偶爾還會有人回去翻翻資料。至於儀蟲，培育方式早已失傳，所以後來加入的人也就不會再被控制了。

「變成鬼以後，我被鎮壓在塔位，你不知道吼，死刑犯的魂魄都會被封住，為了不讓祂們報仇。直到半年前的地震，把那靈骨塔給震壞，封印破了，我才有機會離開。回去那棟大樓，是想說至少還可以和祂在一起……但我忘了祂恨我到死，可能隱約知道那天放火的人就是我。」

「所以你才自願幫祂聚陰。」我說：「祂沒把你變成聻？」

「當鬼才能幫祂作事。」

「真有心機，不是說聻全都沒意識，憑本能行動。」

「對你們人類來說是那樣啦，但是我們姑且還是可以有一點兒交流，反正祂是永遠不會放過我啦，不知道是幸福還是不幸吼。」

「……」

「我是真的沒想到竟然還會再遇到青目仔，現在叫山貓吼……你知道嗎，我一直很努力不出現在他面前。他發現我做的記號還一直追著跑，幸好是沒有想起來，也沒認出那傢伙。誰知道你硬把他帶來，搞到這樣已經沒辦法回頭了！」

石斑氣憤地大吼，我忍不住回嘴。「媽的，你好歹給他一個報仇的機會啊！」

「呃？」石斑傻住，似乎沒想到我會這麼說。

「你讓他失憶有經過他同意嗎？你確定這就是他想要的生活嗎？你以為你是在贖罪，其實只是讓他更痛苦，根本什麼都沒有解決！你把他一個人丟在那裡，有沒有想過他以後該怎麼辦？你怎麼能確定，這次他一定可以好好活著？」

石斑沒回話。

「一無所知地活著有多可怕，你根本就不懂，你這混帳……」

我似乎還說了很多，但不記得了，那是我第一次意識到，語言這東西是如此蒼白無力。

埋怨、憤怒、悲傷，過多的資訊和情緒充塞著腦海，頭痛欲裂。混亂中，首先浮上腦海的是去邱家老宅的那天，我停車休息的時候，山貓說過的話——如果想起一切之後，我變得不再是我，該怎麼辦？如果我的過去，比我想像得更殘酷，怎麼辦？

明明那麼害怕，明明那麼不安，卻還是沒有放棄。

「因為我覺得，一定還有我能做的事，拋棄記憶離開一切，是不負責任的行為。」

他被求困了大半輩子，總該給他機會，去決定自己的人生吧？如果當年石斑沒有一意孤行，而是與山貓共同研究擊垮不道堂的辦法，說不定就不會變成這樣……

咦？

我忽然想到一件事。

如果，如果所有的事情都在當年就結束，那麼山貓說不定也會被判處死刑，就沒有機會來到外面的世界，更不會遇到我。我們一起經歷過的種種，都將不復存在。

那樣的人生，會更好嗎？

頭越來越痛了，揮之不去的矛盾感像是鎖鍊將我緊緊纏繞，我已經不知道怎麼做才是對的。

忽然想起某天夜裡，跟山貓吃完宵夜後他對我說的話。

「要是真的能找回自己的過去，我就好好安頓下來，不要住廢墟了。然後再買輛車，四處兜風，沒有目的，就只是為了旅行而旅行。」

當時我只是在閉目養神，電視的聲音也不大，所以聽得很清楚。

「到時你也一起去吧，把邱妹妹也叫來，就我們三個，想玩多久都可以，好不好？」

我自以為我足夠了解他，以為他只是單純愛玩，以為他只是遊戲人間，什麼都沒在想。

原來我大錯特錯。

年幼的山貓被囚禁在地下，究竟是懷著什麼樣的心情，倚著殘破的木板床，日復一日，在紙上寫下一行又一行相同的日記？

毅然跳下山崖的剎那，他心中懷著的，是怨恨或者解脫？發現自己居然沒有死，感受到的是慶幸還是痛苦？

他總是在笑，但是，他骨子裡很寂寞。

無數的記憶片段浮上腦海。

雲淡風輕說著自己不受神明庇佑的時候。

溫柔地摩挲著紙條，想像著毫無記憶的朋友的時候。

笑著坦白沒有身分證的時候。

笨拙地剪紙人安慰邱葦寧，對她說「我們當妳的家人」的時候。

堅定地請求學長幫忙的時候。

與我許下約定的時候。

我輕率答應他邀請的那夜，他又是什麼表情呢？

我們習以為常的生活，竟是山貓寧可拚上性命也想實現的願望。

酸楚湧上胸口，我不由得咬緊了牙關。

這是因果，石斑處心積慮想讓山貓遠離這一切，沒想到他竟主動追起石斑的標記，還一路找來不道堂。山貓說他是為了求死才活到現在的，或許在那漫長的二十年間，他都不斷尋找能殺死自己的方法。

真的都結束了嗎？

「……喂，山貓現在打算做什麼？」

「我不知道，但那傢伙用自己的力量把符咒破壞了，現在地上跟地下已經變成兩個獨立的空間，沒辦法進去，當然也不能出來。」

「什麼意思，什麼叫獨立的空間！」

「你那麼激動幹麼！」

石斑面露驚恐，在我追問之下，他才說不道堂其實並不是真正位於臺北地下，而是夾在陰間跟陽間之中，一個被稱為「混沌」的地方。因此只要入口被關閉，兩個空間就成為平行線，即使重新開闢入口，也不見得可以通往相同的位置。

「這樣的話，那傢伙不就永遠出不來了嗎！」

「理論上是這樣，而且被關在那裡，他早晚也會變成聻……」

我的心頓時就涼了，我們所追求的，怎麼會是這種結局？

「你不要擺這個臉啦，我也很為難啊！雖然也可能還有別的辦法，但是——啊！」

石斑話說到一半，忽然瞪著前方大叫，我也一樣，因為天空中竟出現了無數大大小小的光點，有如電閃雷鳴，把厚重的雲層從不同角度照亮。

緊接著，是一陣天搖地動！

「地震！」

我立即煞車，震驚地望著窗外，仔細一看，那些光點裡似乎有什麼東西，並且漸漸集中，飄向某個地方。

「靠，那些都是聻啊！」

石斑激動地說著，把臉貼在車窗上，地震還未停止，甚至越來越劇烈，一束束金光照射過來，讓人幾乎睜不開眼。整個臺北市的聻伴隨金光一同飛上高空，飄向不道堂，形成一幅壯麗又詭異的光景……

終點站：我所追求的事物

地震結束後不久，所有被饕吸收精氣的人們都醒過來了，包括池上，許久沒聽見她的聲音，我差點就要痛哭流涕。她說這段時間她好像被關在一個黑暗的房間，裡面有許多陌生人走來走去。她沒事做，就跟那些人聊天，發現祂們好像都是對世間有所怨恨、無法超生的靈魂。

那是個很孤獨、很寒冷的地方，感受不到時間流逝，每分每秒都過得無比漫長，就像世界的盡頭。所有人都很睏、很睏，但她有個預感，絕對不能睡著，如果睡著了，她沒把握再醒來。

「我還有見到山貓。」

她說：「其實一開始我真的很害怕，不知道還要待在那裡多久，但山貓有出現在那裡喔。他說他是跟你一起來看我的，你們正在努力讓大家醒來，要我放心。」

我不可置信地望著她。那天山貓來醫院時，曾脫下手套握住池上的手，那時他是在跟池上的靈魂對話嗎？

「只要一想到你們為了我們那麼拚命，就覺得不管再久我都願意等，多虧了這樣，我才撐過來的。」

池上的眼眶有些紅。「謝謝。」

我沒有說話，低下頭，不想讓池上看見我窩囊的表情。我很清楚，其實自己什麼都沒做，我似沒有資格接受她的道謝。

「東樺，山貓呢？」

池上眨著閃亮亮的眼睛問我，我的喉頭好像梗住了。

地震很大，持續時間據說是有記錄以來最長，小五分許多地方坍塌，周邊也有不少物品從高空墜落的事件。奇蹟般的，這次大地震沒有造成任何人死亡，僅有的傷者也都是不危及生命的輕傷。

眾人都在感受劫後餘生的喜悅，我與石斑在市場裡四處打聽，沒人見到山貓。山貓最後究竟做了什麼？誰也不知道。石斑猜測，由於山貓是製造灩的人，應該也有辦法召喚灩，他以自己做為誘餌，讓所有的灩都回到地下，並鎮壓著祂們。而這麼多的凶煞聚集在一起，其巨大的能量引爆了地震，通往不道堂的入口，也就被徹底破壞了。

證據就是，即使我們按照正確的路線走，也找不到那扇木門，兩個世界徹底失去了聯繫。

山貓和不道堂一起消失了，我卻沒有太多時間感傷，因為生活的變化接踵而來，例如我有了新室友，石斑。

祂依然附身在老鼠玩偶裡，說會造成這局面都是祂太過自私軟弱，所以在救出山貓之前，他會當我的守護靈供我差遣，要殺要剮隨我便。

非自願獲得一點也不可愛、不吉祥的守護靈，還真有點哭笑不得。但從此以後祂就真的跟我同進同出，怎麼也趕不走，就連我去找學長的時候，祂也跟去了。

我跟學長說明地震的原因以及山貓的事，他只是靜靜地聽，表情很平靜。石斑從玩偶裡出來，對學長下跪磕頭。學長看不到石斑，我也沒說祂在場，那天兩個人都一直在哭。

堂主死了，連入口都被封閉，殘黨不知去向。那些腥風血雨似乎都成為過去式，但受害者的家屬不會得到道歉，也不會有補償，不會有人替他們討回公道了。

我們還談到要把這些事情寫成報導，但學長斷然拒絕，說不想再挑起爭議，越少人知道越好。我問學長難道你打算放下？他卻說，認為我寫了這些事，也會遭遇危險，他不想再看到有人犧牲。

那天回家我獨自想了很久，翻著手機相簿發呆。山貓用我的手機拍了一堆不明所以的照片，例如天空、草地、店家的招牌、路邊的野狗野貓。但占比最多的還是他自己的臉，每張表情、姿勢都不同，有不少還是在我車上拍的，我也經常出現在畫面裡，不耐煩握著方向盤的樣子，倒是張張都差不多。

我跟石斑都堅信山貓沒死，只是到底要如何找出他，完全沒有頭緒。

東樺，或許我們的緣分就到此為止了，但要是還有機會的話……

我想著山貓最後的那句話，還有那一夜的約定，關掉手機，默默開始寫報導。我還沒想好報導完成後要交給誰、用何種方式發表，我只知道，如果不做這件事，一定會後悔一輩子。

這段時間，我也跟邱葦寧保持聯繫，雖然頻率不高，但起碼沒斷過。其實她的聯絡方式一直存在我手機，可我不太會跟小孩聊天，只傳過寥寥幾次訊息而已。

起先我不太想告訴她山貓的事，猶豫了很久，還是決定實話實說。我跟邱葦寧約在她學校附近的咖啡廳，坦白了一切，她的反應沒有我想像中激動，問了我很多問題，在聽過解釋後乖巧地說，是這樣啊。

是這樣啊。

她的表情很淡、很輕，然後一滴眼淚滑落。

然後我才知道她住到親戚家後，山貓也經常傳簡訊給她。山貓沒有智慧型手機，說用不習慣，還是按鍵式手機好。他傳給邱葦寧的簡訊多半沒寫幾個字，都是不知所云的照片還有表情符號，就這樣他倆也可以來回傳一堆。

山貓是真心把邱葦寧當成朋友，不，應該說是家人，或許邱葦寧某個層面也是這麼認為的。

「秦先生，我也會幫忙的，如果我這邊有什麼新發現，一定會馬上告訴你。」

記得那天，邱葦寧是這麼跟我說的，用她水汪汪的眼，很真誠地看著我。「因為你們都是我的恩人……」

其實她光有這份心我就很感謝了，覺得還是不要讓小孩子跟著蹚渾水，但不久後我還真的從她那裡得到一些零碎的線索。其中就有她父親的日記，據說混在要丟棄的紙箱裡，差點就沒了。

那本日記封面也有不道堂的符咒，但內容全是看不懂的文字，看字型很像漢字，但結構不同，有點類似西夏文那樣。石斑說那是鬼書，也就是陰間的文字，可從沒去過陰間的祂，當然看不懂，破譯肯定有辦法，只是得花上大把時間。

我說沒關係，反正我們最不缺的就是時間。

要寫的東西越來越多，已經超越了報導，達到專輯的程度。

石斑幫了我很多，有問必答，也帶我去探查祂記憶中不道堂的其他入口。然而那些地方不是早已因為時代久遠消失，就是經過改建，走到一半就被房子、牆甚至鐵軌擋住。

我以匿名方式，陸續將部分資訊放到網路上，期盼有人能給出新的線索，幾次下來，可以說是毫無斬獲。池上透過層層關係，替我引薦了曾經道上有名的人物，與他們打好交情，就讓我挖空心思。

一邊蒐集有關不道堂的情報，一邊繼續調查都市傳說，等回過神來才發現，時間居然已經過了兩年。這些日子當中，只有偶然的幾次，夜深人靜時我看著山貓堆在家裡的東西，還有他睡過的沙發，忽然覺得家裡很空蕩。

儘管隨著時間過去，找到山貓的希望也越來越渺茫，但我們依然堅信他還活在世上的某個角落。

我不會放棄的，我在心裡對他說，總有一天，我會帶你離開那個殘酷的世界，到時我們就開著車子兜風去，再一起吃麵疙瘩吧。

番外：吉光片羽

01 籍貫

秦東樺一直好奇山貓究竟是哪裡人，不僅是因為他那雙藍色的眼睛，還有三個耐人尋味的疑點。

第一，山貓幾乎不懂英文，他認識二十六個字母，然而單字的話，恐怕連小學一年級學生都懂得比他多。可是他卻會讀漢語拼音跟羅馬拼音，所以看到不會的單字，就會用疑似日文的邏輯去唸。

「東樺，這個英文是什麼意思？」

秦東樺教山貓用電腦時，他指著鍵盤上的「Ctrl」鍵問。秦東樺很訝異他怎麼連這都不知道，把 control 寫在便條紙上，然後唸了一次。「就是控制的意思，control。」

山貓顯然沒聽進去，對著那幾個字母盯了半天。「con、to、ro、lu。」

「啥？」

「這樣唸不對嗎？」

「哪裡對了，那是日文的唸法吧！你日本人喔？」

「不是、不是，我只是覺得這樣唸比較好聽。」山貓誇張地搖手，又重複了一遍。「反正我記住了，控制就是contorolu！東樺老師，謝謝！」

「……好，算你厲害。」

看他這麼誠懇，秦東樺也只能拍拍手了。

第二，山貓睡著說夢話的時候，會冒出很明顯的外省腔調，而且全是髒話，鏗鏘有力，每次都把秦東樺嚇出一身冷汗。

「莫挨老子！狗日的，你個瓜娃子再說一句，今天老子就把你這龜兒給收拾咯！還不滾開，信不信老子甩你倆耳屎，你都回家找你媽媽哭去！」

山貓躺在沙發上，手腳並用胡亂揮舞著，一副仇人就在眼前的樣子。秦東樺聽不太懂，印象中他爺爺那輩才會這樣說話，以山貓這麼年輕的人來講，沒聽過鄉音這麼重的。

等山貓醒來，秦東樺邊憋笑邊問：「你剛才夢到什麼？一直亂叫，太精采了！」

「我忘了，我有說夢話？」

「有，說了很多！」

「不會吧！我說什麼？」

山貓這句話又沒有鄉音了，感覺不出在說謊。但秦東樺仍覺得山貓平常講話的口音應該是裝出來的，他很可能是從中國來的偷渡客，搞不好連張像樣的身分證都沒有。

為了驗證這個猜測，秦東樺決定做個實驗，聽說人被嚇到的時候，都會下意識講出母語。

當天晚上，他趁山貓在浴室洗澡，「啪」一下，把浴室燈關了。

結果等了半天，山貓也沒叫一聲，只有水嘩啦啦地流。

秦東樺忍不住拍門，裡面傳來山貓的聲音。「嘿！」

「喂，你還活著嗎？」

「我關燈欸，你怎麼沒反應？」

「你關我燈幹麼？」

「沒，不小心按到。」

秦東樺把燈打開，然後他想起來，山貓是個能若無其事在大半夜戴墨鏡上街的男人……

這傢伙內建夜視鏡是不是啊！

第三，山貓閒著沒事的時候，經常唱一首歌，是秦東樺完全不認識的語言。問是哪國話？山貓居然說不曉得，但似乎曾有人唱給他聽過。只聽一、兩次怎麼可能記得這麼清楚，秦東樺認為山貓又在騙人，用手機偷偷把山貓唱的歌錄下，丟上網搜尋。

科技已經如此發達，即使不記得歌詞、不知道語種，只要有旋律就能找出那首歌的原貌。

搜尋結果顯示，那首歌是波蘭民謠。

秦東樺打開來聽，跟山貓唱的幾乎一模一樣。

「喂，你常唱的那首歌我找到了。」秦東樺把手機遞給躺在沙發上的山貓。「你聽聽看！」

山貓起先還不相信，但聽了以後，他也沉默了。

半晌，他才說：「改天我們去波蘭走走吧！」

「媽的還改天，你以為出國像去便利商店想去就去啊！還有你能搭飛機嗎？你有護照嗎？話說回來你到底哪國人？」

「……」

山貓沒回答，把那首歌又放了一次。他用手機聽歌的方式很奇特，不用耳機，而是把聲音開得很小，手機貼在耳邊，猛一看就像是在跟誰講電話。

那一天山貓就這樣，維持了這個姿勢很久很久。

02人要衣裝

說來尷尬，秦東樺的服裝品味一直被池上（和大部分他認識的人）所詬病。

「你怎麼穿 POLO 衫搭釣魚背心？而且還是深藍色配深紫色？」

那天開會時，池上又擺出嫌棄的表情指責他。

「有意見？」

「好歹也是有正經工作的人，就不能注重一下你的穿著嗎？至少顏色要好看吧！起碼不要穿藍白拖。」

「這顏色很好看啊！還有藍白拖是神器好嗎，萬用！輕便！潮！」

秦東樺不太記得後來他們吵到哪裡去了，最後是他踹了桌子一腳不歡而散。他向來不太在意外表，頭髮長了也懶得剪，隨意拿橡皮圈紮成小馬尾，衣服更是拿到什麼穿什麼，也不管顏色搭不搭。

跟他比起來，山貓簡直就是另一個極端。

人家雖然住在廢墟裡，打扮卻一點兒也不馬虎。那身高級西裝跟皮鞋，搭配一頭灰白色的郭富城髮型跟墨鏡，走在街上真是太耀眼了。

山貓大部分的衣服都是黑、白、灰色，最常穿的是西裝，且必定燙得筆直。他有塊巨大的燙衣板，沒事總會看到他拿著蒸氣熨斗，對著褶痕細心地燙過一遍又一遍。

有次秦東樺看了半天，忍不住問：「又不是要去相親，幹麼這麼講究？」

「你不覺得這樣心情會變得很好嗎？」

「我只覺得很麻煩。」

「你偶爾也該好好打扮一下，說不定別人會比較樂意回答你的問題。你的臉長得這麼可怕，已經是先天不良，服裝跟髮型要是再不注意點，那就是後天失調、病入膏肓了。」

山貓說的是之前他們四處問路人情報的時候，秦東樺出面，大部分人都面露懼色；若換成山貓，九成以上的人都會很友善禮貌地回應，甚至還有人聊到要交換電話號碼。

「如果你想驗證一下我說的話，我的衣服可以借你穿喔。」

山貓把燙好的西裝拿到秦東樺身前比了一下，點點頭。「你穿起來應該很好看，人模狗樣的！」

秦東樺沒理他，把自己關進房間。

沒錯，他內心根本在意得要死。換作以前他不會糾結這個問題太久，但現在情況不同，有個潮男住在他家，天天在他面前打扮得光鮮亮麗晃悠，時不時再損他兩句，想不介意都難。

哼，他那什麼語氣啊？施捨我嗎？我想要好衣服自己不會去買啊，還用你借？

秦東樺想想就有氣，直到晚上都沒跟山貓說話。第二天他醒來的時候，山貓不在家，沙發上有個精緻的紙袋，附上一張小字條「給東樺先生」。

「什麼跟什麼……」

秦東樺打開紙袋，從裡面抓出一件黑色的外套，款式類似風衣，下襬較長，大翻領配上銀色雙排釦，袖口也有特殊的袖釦裝飾，相當講究。這還沒完，另一件是襯衫，淺灰色、高立領，還有腰身，最後則是西裝褲，連手錶跟項鍊、戒指都準備好了。

這也太齊全了吧……是那小子幫我挑的？連牌子都還在，該不會是新買的吧！

秦東樺不自覺露出微笑，隨後抽了自己一個巴掌。

呸，高興什麼！我才不穿他挑的衣服，又不是沒得穿！

他憤憤地把衣服全塞回紙袋裡，瞪了半天，又覺得有點……可惜。

山貓應該沒這麼快回來。

秦東樺左顧右盼，明明家裡沒別人，他卻像是在做什麼虧心事，一點一點脫掉自己皺巴巴的T恤跟短褲，套上山貓替他挑的衣服。

「哇靠，怎麼這麼憋啊！」

才穿上褲子他就受不了了，他最恨這種修身的褲子，一點兒彈性都沒有，連蹲下都難。習慣在各種靈異景點和廢墟闖蕩的他，無法理解怎麼會有人自願穿這麼難以活動的衣服，當帥哥未免也太累了吧……

「好，穿上了！」

秦東樺終於把褲子提上，山貓不知道他的尺碼，可能買得太小了。幸好襯衫跟外套大小還算可以，他三兩下穿好，戴上手錶跟戒指，迫不及待打開手機，切成前置鏡頭。

「喔～不錯嘛！」

秦東樺眼睛一亮，覺得鏡頭裡的自己簡直帥翻了，人要衣裝果然不是說假的。他想就這樣脫下來太可惜，便拿出腳架固定手機，錄了一段影片，擺出各種（他自認）帥氣的姿勢。

拍完後，秦東樺興奮地抱著手機跳上沙發，欣賞自己的英姿，臉上還不時浮現傻憨憨的笑容。

「沒想到我還滿適合這種衣服的……嘿嘿……咦？」

看到一半，秦東樺發現影片中，他身後的房間門被打開了一條縫，門裡似乎站著某個熟悉的身影。

不會吧……

秦東樺猛地回頭，果然看見山貓躲在門後，拿著手機也在錄影，憋笑憋到快岔氣。

「幹！你從哪冒出來的！」

「我不是故意的，只是看你這麼專心，不忍心打擾你哈哈哈……」

山貓笑得眼淚都噴出來了，秦東樺氣得青筋畢露，邁開大步衝向他，只聽清脆的「刷啦」一聲，緊繃的胯下忽然釋放，西裝褲從中間裂了一道縫，成了名副其實的開襠褲。

秦東樺，二十五歲，穿著最帥的衣服，流下了最恥辱的眼淚。

03 鍛鍊

邱葦寧很喜歡聽秦東樺講故事。

雖然秦東樺跟山貓比起來，口才並不是特別好，但他說的都是親身經驗，還搭配動作跟表情，就像是在看單人舞臺劇，非常精采。

這天秦東樺談起自己去廢墟拍攝雜誌用的照片，卻遇到躲在那裡的通緝犯，對方因為嗑藥身上都是針孔，瘦得不成人樣，雙眼充血通紅，鬍子、頭髮一大把，簡直比鬼還可怕。

「那個人『嘩——』往我這邊衝過來，手上還拿一根鋼管，鋼管妳知道嗎？跟手臂一樣長，這麼粗，還不是普通的鋼管喔！頭跟尾都是削尖的，捅到哪裡都是一個洞！」

邱葦寧聽得臉都嚇白了，倒抽一口氣。

「他拿鋼管瞄準我的胸口，我就知道這人玩真的，他不是只想把我嚇跑，是要殺人！我們一般打人都先打手腳，為什麼？手腳後遺症最少，都是骨頭沒重要器官，斷了還可以接回來，頂多不能走路，對不對？而且打腳最有用，可以破壞身體平衡，只要倒下就贏一半了。」

「你怎麼這麼會打架？」山貓插嘴。

「呃……小時候不學好。」

秦東樺尷尬地帶過，繼續說：「所以啊，攻擊手腳最安全，胸口跟肚子就不一樣，五臟六腑都在這裡。妳想想，要是他捅穿我的肺還是心臟，我死不死？那邊鳥不拉屎，旁邊連個像樣的住家都沒有，我告訴妳，絕對死在那！一年半載沒人會知道的那種！」

邱葦寧重重點頭。

「所以，我看到他那樣過來，我知道我那把蝴蝶刀肯定幹不過他，馬上就蹲下來，一個翻滾，我滾過去，鋼管就插在地上，而且是深深插進去喔！就差幾公分喔！妳看他都已經變成那個鬼樣，力氣還這麼大，簡直不是人！」

秦東樺講得起勁，把一旁看戲的山貓也抓過來，強迫他扮演通緝犯。

「我趁他在拔那根鋼管的時候繞到他後面，然後這樣！一隻手扣他脖子，一隻手拿刀抵在他喉嚨！不准動！不准動！」

秦東樺用原子筆代替刀子，抵在山貓脖梗，山貓舉起雙手投降。「饒命呀～大爺～」

「媽的，不對啦！那傢伙才沒這麼卒仔，他根本沒投降，他是抬腳往後踢我膝蓋！幹，力氣真的么壽大！來，你試試看！還原一下現場！」

山貓聽話地照做，抬起腳往後踢，卻完美地踢歪了，根本沒碰到秦東樺，而且力道軟綿綿，緊張感全失。

「你認真演啦！」

「那已經是我的極限了！」

山貓也說得理直氣壯，秦東樺這才意識到，山貓的體能似乎沒有他想得那麼好。雖然在對應幽靈鬼怪的方面，山貓絕對是佼佼者，但要他跟活人肉搏，恐怕就很困難了。

這小子老是住在廢墟，一定也碰過類似的危險吧，這樣真的沒問題嗎？基於一種應該要照顧後輩的大哥心態，秦東樺脫口而出。「我來幫你鍛鍊體能吧！」

「東樺，這是什麼？」

山貓看著電視螢幕裡穿著運動服的可愛小人，手裡拿著棒狀遙控器、腿上綁著感應器，有點莫名其妙。為了活動方便，他還被迫換上秦東樺皺皺鬆鬆垮垮的上衣跟短褲，墨鏡也拿下來了。
「不就跟你說了，健身遊戲嘛！」
秦東樺蹺著腳坐在沙發上，看向一旁的邱葦寧。「妳也玩過，對不對？」
邱葦寧點點頭，她也拿了一支遙控器，這遊戲是可以雙人聯動的。
「現在的遊戲我不太會玩……」
「這很簡單的啦，上面都有提示，跟著做就對了！不過速度要快一點兒，而且要夠標準，不然拿不到分數。」
「拿不到分數會怎麼樣？」
「會輸啊，廢話。」
秦東樺笑著跟邱葦寧對看了一眼。「你可不能輸給小妹，會破壞你在她心中的形象，哇哈哈……」
邱葦寧對山貓握拳，比了個加油的手勢，秦東樺大喊。「開始！」
山貓跟邱葦寧同時開始小跑步，綁在腿上的感應器偵測到他們的動作，螢幕裡的小人也跟著跑起來。這遊戲的一切操作都是體感的，包括控制人物前進也必須用跑步的方式，雖然簡單，玩起來卻非常累。
「呼……呼……」
沒兩分鐘山貓就開始喘了，他的小人也漸漸慢下來，很快被邱葦寧超越。在前進過程中，時不時會遇到障礙物，得依照遊戲的指示做出相應動作才能通過，好死不死，山貓碰到的第一個障礙就要他深蹲。

「深、深蹲……我不行……」

山貓緩緩蹲下，遊戲卻發出警示，姿勢不夠到位，必須重來！

「還要重來？不行，東樺，我真的會死的……」

「繼續！要有恆心啊！」

秦東樺幸災樂禍地幫山貓打氣，或許是真的想在邱葦寧面前豎起一個好榜樣，山貓沒有耍賴，真的卯起來玩。一個關卡約三十分鐘，山貓被迫做了深蹲、仰臥起坐、轉體等雖然不怎麼難但很累的運動，汗流浹背，頭髮全都貼在臉上，衣服也溼透了。

抵達終點的時候，邱葦寧早就完成，在旁邊擦汗、喝飲料，感覺一點兒也不累。

「妹妹，妳怎麼這麼……厲害啊……」

山貓上氣不接下氣，不可置信地問，然而邱葦寧只是靦腆地笑了笑。

事後知道邱葦寧的老家居然在那種地方，山貓的第一個念頭就是，難怪她體能這麼好！光是出門跟回家就是鍛鍊了，這先天條件，要他情何以堪啊……

04
酒

秦東樺其實頗喜歡喝酒，這或許也是他跟學長會如此相投的原因之一，但他們的酒品卻是天差地別。

幾年前，學長還沒自甘墮落的時候，就已經以愛喝酒聞名。他最高記錄是通宵跑七家酒吧，雖然不到千杯不倒，但在當時他們的生活圈子裡，已經是很厲害的了。學長經常能清醒到最後，甚至攙扶別人、替他們叫計程車。

秦東樺就不一樣，他永遠是被架著出來的那個，而且是通常是第一家就掛了。酒量小得可憐先不提，他喝醉時喜歡唱歌，搭配自創的奇怪舞步，而且選曲品味非常奇葩，重點是他還五音不全。

「泥娃娃～泥娃娃～有一個～泥～娃娃！也有那眉毛～也有那眼睛～眼睛他媽還不會眨！」

秦東樺在大街上開心地唱著歌，還扒著電線杆跳鋼管舞，朋友們都不知該氣還是該笑，簡直要瘋了。

這副德行被側錄下來丟上網，直到現在仍流傳著，時不時就會在社交平臺滑到，成為秦東樺的黑歷史之一。萬幸的是，當天月黑風高，並沒有很清楚拍到他的長相，否則他大概只剩下整形或移民波蘭兩條路。

為了避免類似情況再度發生，秦東樺飲酒向來節制，但學長說這樣是不行的，酒量得好，才能不醉，要練酒量，就得喝酒。這歪理說服了他，於是他便放開了喝、隨時隨地都喝，酒量有沒有提升不知道，歌喉倒是進步不少，用學長的話來說就是「起碼能聽，勉勉強強」。

秦東樺的這個小缺點，認識他的人都知道，沒看過也聽說過。

除了山貓。

去不存在的街道的前一天晚上，兩人一塊去吃熱炒，秦東樺第一次在山貓面前喝酒了。山貓看著滿桌菜，加上秦東樺不停勸酒，也有點心癢，跟著喝了兩杯。

這兩杯酒，是當晚山貓犯下最大的錯誤。

「欸？山貓，你怎麼都不吃菜了？」

過了半晌，臉頰微紅的秦東樺注意到山貓喝了酒之後就沒再動過筷子，拿著酒瓶推了推他。山貓默默抬頭，墨鏡下的眼睛瞪了他一眼，冷冷地說：「不要碰我。」

「哦？」

秦東樺半睜著眼，又挑釁地戳了山貓幾下。「幹麼不能碰？」

「東樺，你吃你的，我不餓。」

「你這小子裝什麼高冷，剛才不是還好好的嗎？掃興欸！」

「……嘖。」

山貓有點生氣，他脾氣向來不錯，連路邊的鬼都誇他是見過最優雅、最瀟灑的除靈師，他也以此自豪。但，他終究還是有無法控制脾氣的時候，連他自己都沒注意到，他只要喝了酒，就看什麼都不順眼。

平常他看秦東樺，就是個雖然傻了點但還算可愛的年輕人，現在被這麼一煩，覺得此人簡直離譜至極！不可理喻！

他一把抓住秦東樺的手腕。「你夠了沒？」

秦東樺愣住了，他從沒見過山貓生氣，連忙搓搓對方的銀髮。「唉唷，生氣囉？沒關係，讓哥來安慰你，唱歌給你聽～」

「我不聽。」

「酒矸倘賣無～酒矸倘賣無～」

秦東樺站了起來，用渾厚的嗓音與苦情的演技，開始唱起了歌，非常陶醉，唱著唱著聲淚俱下。他跳著宛如起乩的舞步，拿手指挑了山貓的下巴，感覺上精神狀態就不是很正常。

「秦東樺，你再這樣，我真的會生氣。」

山貓咬著牙說，臉上的招牌笑容早已消失無蹤，秦東樺卻還沒玩夠，拉著山貓要跟他一起跳。

「這位大哥不要板著臉～人生最重要的就是開心——啊！」

秦東樺跳到一半，忽然胸口一陣刺痛，原來是山貓兩根手指抵著他的胸腔正中，使勁往下壓！接著，他便全身僵硬，連手指頭都動不了，定格在雙手雙腳打開、扭著腰翹著臀的姿勢。

「這、這是怎樣？」秦東樺嚇得酒都醒了。

山貓一本正經。「我已封了你的穴，你別想再跳那猥褻的舞！」

「操，你在拍武俠片啊！馬上給我解開！」

「三小時後才能解！」

山貓說得含糊，其實他也不知道多久才能解穴，應該說他從沒在實戰中用過這招，沒想到居然初試就成功。

「人家要打烊了你跟我講三小時？」秦東樺感覺整間店的視線都集中在他們身上。「不要鬧喔，你最好馬上給我解開！」

「我有鬧嗎？不是你先鬧的嗎？」

「我還要回家欸！你把我丟在這會有人報警啦，到時候倒楣的是你，我跟你講！」

說到報警，山貓肩膀抖了一下，終於意識到自己幹了什麼好事，也沒空生氣了。

他也沒個證件什麼的，最怕的就是警察，雖然他有辦法蒙混過去，但現在人多嘴雜，麻煩，想想他就惡寒。

「那……你想怎麼回去？」

「你說呢？」

秦東樺白了山貓一眼。

於是，當天晚上所有路過那條街的人，都看見了一名灰白頭髮、戴墨鏡的男子，拖行著一尊姿勢怪異的人體模型，一邊互相咒罵一邊蹣跚行走的畫面，從此締造了新的都市傳說。

05 靈異照片

「鏘鏘！歡迎來到山貓的玄學方術小教室！今天我們要學的是百分百拍到靈異照片的方法～跟我一起DIY，你也可以成為靈異照片大師唷！」

山貓站在小白板前，手裡捧著一個用黑布覆蓋的物體，對面前的邱葦寧和秦東樺用兒童節目主持人的語氣說道。

秦東樺立刻打斷他的話。「這是在幹麼？白板是從哪裡來的？我記得家裡沒這個啊！」

「昨天妹妹不是看了你拍的那些廢墟照片嗎？你們的美編還相當貼心地把其中幾張加工成靈異照片，誤導大眾，實在太不應該了。」

「所以這跟你現在做的事有什麼關係？」

「你還不懂嗎？東樺同學！」山貓誇張地張大嘴。「靈異照片這種東西，多簡單啊！根本不需要靠PS，只要掌握正確方法，包準張張有鬼、張張精采！」

「你、你不要唬爛喔！」

秦東樺對見鬼最有興趣，安分地坐下，如果能學會這個技巧，他們就不用費盡心思造假靈異照片了。邱葦寧坐在他旁邊，也很專注，又有點害怕地縮著脖子。

「那麼，就有請我們的神奇小道具！」

山貓把覆蓋手中物體的黑布掀開，竟是一臺從沒見過的器械。兩個手掌寬、木製，正面鑲著一片圓形玻璃，上方有個小轉軸，連著短短的把手。

秦東樺皺眉。「這啥？」

「相機呀！」

「木頭做的？」

「正確地說，是一種極度類似相機的法器。」

山貓把「相機」翻轉過來，背面也鑲著玻璃，不過比正面小了一大圈，大概跟門上貓眼差不多。旁邊有個蓋子可以打開，是放底片的地方，用的是類似拍立得的底片，馬上就能看到成品。

「用這就能拍到靈異照片？」

「就跟你說這是法器，柳木做的，柳樹最招陰，只要帶著，鬼就會被吸引過來。底片也是加工過的，使用前要先施咒，咒語有點長，還得看時辰，所以今天就先不講了。」

「怎麼聽起來好隨便的感覺……」

「一點兒都不隨便！說來你不信，這東西全世界沒幾臺，幾乎失傳，我花了很多錢才從一個老收藏家那買到的。」山貓講起法器就像是變了個人，滔滔不絕。「這都不是最特殊的地方，這法器非常罕見，是因為它的鏡頭不一般。你們看這像是普通的玻璃，對不對？」

兩人都點頭。

「你再仔細看，這玻璃中心是不是有一些小黑點跟白色的霧氣的感覺？」

山貓把相機遞給秦東樺，讓兩人仔細觀察，果真那片玻璃鏡頭的確有點雜質，彷彿有一層霧氣籠罩，混雜著幾個幾不可見的黑影。

「沒擦乾淨喔？」秦東樺發表感想。

「不是沒擦乾淨，而是想擦也擦不乾淨。」

山貓壓低聲音。「這鏡頭的玻璃中，封著一隻蛇的魂魄。那隻蛇被養在罐子裡，能通靈，牠活著的唯一目的就是被殺死、製作成法器，一生都沒有離開過那個罐子。蛇最記仇，若是被殺必不能瞑目，人類透過牠的眼睛，就能看見鬼魂。」

「……你要拍照還是幹麼快點拍吧，我不是很想知道這背後的故事。」

秦東樺把相機放在茶几上，碰都不敢再碰。邱葦寧小心翼翼地拿起，示意山貓教她用法，山貓說就跟正常拍照一樣，對準想拍的東西、轉動把手就行了。

於是，邱葦寧便將鏡頭轉向秦東樺和山貓，替他們倆拍了張合照。一張薄薄的紙從相機上方的狹長洞口中冒出來，真的就跟拍立得大同小異，起先畫面還朦朦朧朧，幾秒後才逐漸顯影。

相片裡，秦東樺坐在沙發上，山貓站在他後面，然而他們身邊卻圍滿了「人」，男女老幼一應俱全，目測至少二十來個，甚至還有個大叔直接躺在秦東樺腿上，擺出妖嬈的姿勢。

邱葦寧臉都綠了，張大嘴發出無聲的驚叫。

「怎麼樣，有鬼嗎？」

山貓壞笑著明知故問，邱葦寧想，她好像知道這玩意為什麼會失傳了，要說這是靈異照片根本沒人會信，喝喜酒還差不多！一點兒也不恐怖，反而很熱鬧。

「有、有拍到嗎？」秦東樺也一臉期待地問。

邱葦寧糾結了一會，憤而將照片撕碎，雖然有點不好意思，但有些事情還是不要知道比較好……

06 惡作劇

秦東樺進入大樓沒多久，山貓就發現他了。

應該說，怎麼可能沒發現呢？打著大大的手電筒，堂而皇之闖進來，還一邊自言自語、四處拍照，簡直就在跟全世界宣告「我在這裡」——多麼愚蠢的行為。

這棟廢棄多時的大樓三不五時就會有年輕人結伴來探險，山貓通常不搭理他們，反正他們連二樓都上不去，就會被饕嚇得落荒而逃。這樣的人看多了，難免覺得索然無味。

這傢伙看起來很衰，最多也就撐個三分鐘吧。山貓躲在角落，在心裡幫秦東樺打分數，懶洋洋地看著。誰知過不了多久，秦東樺居然像沒事人一樣上了二樓！不只這樣，他還這麼一層層地往上走，成功來到頂樓。

意外，真的意外。

看來他是傳說中的命格極硬之人，怕是被雷劈到都死不了。

閒得發慌的山貓很久沒見過這麼有趣的訪客了，然而頂樓太危險，總不能眼睜睜看著外行人被饕生吞活剝。他拿出手槍，確認裡面還剩三發子彈，果斷扣下扳機。

一發子彈能鎮住饕將近七秒的時間，運氣好的話可以撐到七點五秒，以逃命來講，很足夠。

只是他沒想到，秦東樺竟會糊里糊塗竄地進他「家」避難。

山貓差點笑出來，於是，他也進入「家」裡，還沒開燈就聽見置物櫃裡傳來粗重的喘息聲，這小子，還以為自己隱藏得很好呢。他假裝沒發現，在房間裡轉來轉去一陣子，才出其不意把櫃門拉開。

秦東樺從他的置物櫃裡狼狽地滾出來的時候，山貓開心地笑了。

他看著那張惡人面相露出驚恐的表情，決定陪秦東樺多「玩」一下，其實他口袋裡還有很多子彈，可他完全沒提，甚至還謊報了子彈的時效。

把逃命的時間壓縮到極致，就越能激發人類的求生本能。

讓我看看你的能耐吧。

山貓領著秦東樺一路狂奔，果然在逃跑過程中，秦東樺完全沒有察覺到五秒與七秒的些微差距，所有注意力都用來觀察四周。

「對不擠，已經沒有子彈惹。」

當山貓故作委屈地說出這句話時，秦東樺看起來快哭了，那絕望的表情讓他有點於心不忍。

山貓想，假如他真的哭出來，那他就承認自己是開玩笑的，老老實實把人送到門口。

秦東樺沒哭。

他非但沒哭，還毅然扛著山貓跳窗逃生！

山貓被緊緊扛著，耳朵貼在秦東樺的胸口上，可以清晰聽見他急促的心跳和喘息。

這一夜的意外，未免也太多了。

秦東樺走後，山貓獨自在樹叢裡躺著，望著頭頂的明月發呆。過了不久，遠處響起救護車的鳴笛聲，山貓先是愣了下，隨後便吃吃地笑了，明明早跟他說不需要，果然，他是個善良的傢伙。

「剛才應該問問他的名字才對……唉，算了。」

要是有緣，總會再見。

救護車的聲音越來越近，山貓輕盈竄起身，消失於夜色深處。

全文完

怪談城市
異聞錄

逆思流

怪談城市異聞錄

著　者／北府店小二　繪　者／阿鎬
執 行 長／陳君平　美術總監／沙雲佩
榮譽發行人／黃鎮隆　美術編輯／陳聖義　國際版權／黃令歡、高子甯
協　理／洪琇菁　資深主編／丁玉霈　文字校對／朱瑩倫
總 編 輯／呂尚燁　內文排版／謝青秀

出　版／城邦文化事業股份有限公司 尖端出版
台北市中山區民生東路二段一四一號十樓
電話：（〇二）二五〇〇—七六〇〇
傳真：（〇二）二五〇〇—二六八三
E-mail：7novels@mail2.spp.com.tw

發　行／英屬蓋曼群島商家庭傳媒股份有限公司城邦分公司　尖端出版
台北市中山區民生東路二段一四一號十樓
電話：（〇二）二五〇〇—七六〇〇（代表號）
傳真：（〇二）二五〇〇—一九七九

中彰投以北經銷／楨彥有限公司（含宜花東）
電話：（〇二）八九一九—三三六九
傳真：（〇二）八九一四—五五二四

雲嘉以南／智豐圖書有限公司
（嘉義公司）電話：（〇五）二三三—三八五二
傳真：（〇五）二三三—三八六三
（高雄公司）電話：（〇七）三七三—〇〇七九
傳真：（〇七）三七三—〇〇八七

香港經銷／城邦（香港）出版集團有限公司
香港灣仔駱克道一九三號東超商業中心一樓
電話：（八五二）二五〇八—六二三一
傳真：（八五二）二五七八—九三三七
E-mail：hkcite@biznetvigator.com

新馬經銷／城邦（馬新）出版集團 Cite（M）Sdn. Bhd.
E-mail：cite@cite.com.my

法律顧問／王子文律師　元禾法律事務所
台北市羅斯福路三段三十七號十五樓

二〇二三年十一月一版一刷

郵購注意事項：
1.填妥劃撥單資料：帳號：50003021戶名：英屬蓋曼群島商家庭傳媒(股)公司城邦分公司。2.通信欄內註明訂購書名與冊數。3.劃撥金額低於500元，請加附掛號郵資50元。如劃撥日起 10～14日，仍未收到書時，請洽劃撥組。劃撥專線TEL：(03)312-4212 ・ FAX：(03)322-4621。E-mail：marketing@spp.com.tw

國家圖書館出版品預行編目資料

怪談城市異聞錄 / 北府店小二著. -- 一版. -- 臺北市：城邦文化事業股份有限公司尖端出版：英屬蓋曼群島商家庭傳媒股份有限公司城邦分公司尖端出版發行, 2023.11

面； 公分

ISBN 978-626-377-171-0（平裝）

863.57 112015540